JE SUIS LE GARDIEN DU PHARE

Neuf récits écrits de 1990 à 1997 tentent, dans ce recueil, de répondre par le fantastique à une question simple : l'homme de la fin du XXe siècle peut-il encore se retrancher du monde, fuir le pluriel au profit du singulier et devenir un électron libre ?

Chaque antihéros de ces nouvelles fait ou a fait « l'éloge de la fuite » – que ce soit dans un train qui roule sur des rails sans fin ne menant nulle part, sur une improbable frontière constituée d'un mur gigantesque au sommet inaccessible, dans les cellules d'un monastère isolé, dans une ville rayée de la grille des horaires de chemin de fer et qui vit repliée sur elle-même, ou au sommet d'un phare éloigné du continent et oublié de tous. Mais chacun, peu à peu, est rattrapé par le groupe et contraint de répondre par la négative. Les locataires de la tour d'ivoire sont menacés. Quelle est donc cette menace ? Chacun découvre que le seul monastère inaccessible se trouve en soi et non autour de soi. Les « derniers retranchements » ont été pris d'assaut. Le for intérieur a été anéanti. C'est vers de nouvelles formes de solitude que l'homme doit se tourner.

Le fantastique n'est pas ici un choix vain : il permet, loin du champ de gravité du réalisme, de mieux poser certaines interrogations et d'appréhender la réalité. Il permet à l'auteur d'écrire dans un état d'« apesanteur littéraire », loin des conventions du naturalisme, et de jouer avec le temps.

Éric Faye est l'auteur de plusieurs essais et recueils de nouvelles, et de trois romans, dont Le Général Solitude *et* Parij.

DU MÊME AUTEUR

Ismaïl Kadaré, Prométhée porte-feu
et Entretiens avec Ismaïl Kadaré
essai
José Corti, 1991

Dans les laboratoires du pire
essai
José Corti, 1993

Le Général solitude
roman
Le Serpent à plumes, 1995
Seuil, « Points », n° P784

Le Sanatorium des malades du temps
essai
José Corti, 1996

Parij
roman
Le Serpent à plumes, 1997
« J'ai Lu », n° 5156

Le Mystère des trois frontières
nouvelles
Le Serpent à plumes, 1998

Croisière en mer des pluies
roman
Stock, 1999
« Le Livre de poche », n° 14922

Les Lumières fossiles
nouvelles
José Corti, 2000

Éric Faye

JE SUIS LE GARDIEN DU PHARE

et autres récits fantastiques

Éditions José Corti

TEXTE INTÉGRAL

ISBN 2-02-035906-5
(ISBN 2-7143-0626-2, 1re édition)

À Éléna et Christina

…C'étaient de très grands vents sur la terre des hommes – de très grands vents à l'œuvre parmi nous, Qui nous chantaient l'horreur de vivre, et nous chantaient l'honneur de vivre…

Saint-John Perse

Les locataires de la tour d'ivoire ne sont pas nombreux. Ils vont par le monde, l'air de rien, sur les mers ou dans les trains. Au cœur des hivers les plus rudes ils emportent quelque chose avec eux, un nécessaire fabuleux dont ils ne se séparent jamais. Ils vont seuls, c'est dans leur nature.

Les vieux greniers magiques, les cavernes d'Ali Baba ou les monastères perdus, ce sont eux qui les gardent. Ils protègent le for intérieur, veillent à ce qu'il ne tombe pas en ruine. Les locataires sont amoureux de leur tour d'ivoire. Leur seul crainte, c'est de voir, un jour, le bail résilié. C'est de se retrouver à la rue, de ne plus pouvoir s'enfermer et de ne plus pouvoir résister, contre vents et marées, à ce petit rien, ce trois fois rien qui les assiège et les émeut.

Tandis que roule le train

Je n'ai jamais vu à quoi ressemble notre train de l'extérieur. Comme nombre de mes semblables, je suis né à son bord, j'y ai grandi et c'est là qu'est ma vie. J'ignore à quoi il ressemble et cependant, je peux l'imaginer en observant l'autre train, qui circule sur la voie parallèle, dans le même sens que le nôtre, et nous a prouvé que nous n'étions pas seuls à faire un tel voyage.

De mémoire d'homme, il y a toujours eu ce convoi parallèle. Tandis que nous roulons, notre seul divertissement consiste à observer les gens de l'autre train. Avec le temps, certains visages d'en face nous sont devenus familiers.

La très longue saison froide des régions traversées oblitère leurs silhouettes en déposant sur les vitres une pellicule de givre. Certains hivers particulièrement rigoureux nous privent de la vue de l'autre train pendant six mois, voire sept. Nous confondons les silhouettes, les fondons dans une masse protéiforme, sombre et mouvante.

Lorsque le printemps chasse le givre et que s'évapore la buée, nous sommes heureux de revoir ceux d'en face. Nous leur adressons des signes. J'aimerais que le printemps fasse également fondre les vitres. Il faut croire que quelque chose de plus tenace que le gel s'obstine à séparer les hommes.

Certains ne sont plus là et nous le remarquons vite. Comme il est vain de hurler car le fracas couvre nos voix, nous échangeons des informations élémentaires en inscrivant des messages à la craie, sur des ardoises. Les contrôleurs nous l'ont interdit. Ils nous ont menacés d'une amende si nous étions pris sur le fait; mais être plus fort que ces contremaîtres est devenu, chez nous, comme une seconde nature.

Il est facile de déchiffrer les ardoises lorsque les deux trains circulent à même vitesse. Telle famille, apprend-on, a déménagé dans un autre wagon. Tel étudiant a obtenu un diplôme. Telle personne, enfin, souhaiterait descendre du train, mais tous s'emploient à l'en dissuader. Comme si notre voiture, dans ces moments-là, avait l'éclat d'un miroir, nous renvoyons à nos interlocuteurs les mêmes informations, à peu de chose près.

Nous savons d'eux qu'ils sont partis voici fort longtemps et qu'à eux aussi, on a juré qu'il y avait quelque chose au bout, une gare accueillante avec des massifs de fleurs. Nous faisons, chacun de notre côté, l'expérience de ce mensonge, car il n'en est plus un, parmi nous, pour croire dur comme fer qu'un jour, le train s'arrêtera.

Le doute, pourtant, nous maintient à bord. Nul ne serait assez fou pour descendre du train en marche. L'idée que ses compagnons de voyage ont fini par entrer en gare lui serait insupportable.

Les anciens nous parlent du jour où le train partit. À entendre le timbre de leurs voix, à considérer leurs yeux à ce moment précis, nous sentons qu'ils souhaiteraient arriver eux aussi dans une gare, celle de l'ancien départ.

Parfois, l'autre train, soit qu'il est plus rapide, soit qu'il est plus lent, disparaît de notre vue. Nous ne le revoyons plus de quelques jours et l'attente commence. Un déséquilibre se crée en nous. Nous ne pensons qu'à ses voitures vert bouteille, à sa locomotive noire. Mais dès qu'il reparaît, notre inquiétude fond comme neige au soleil.

C'est alors que je revois Andonia, Andonia est l'amour de ma vie ; mais elle est dans l'autre train. Je devrais dire : Andonia est l'amour de ma vie car elle est dans l'autre train.

Parmi nous se relaient des professeurs grâce auxquels, lorsque nous entrerons en gare, nous serons à la pointe du savoir. L'un d'eux a pour cela une jolie formule : il veut nous conduire aux frontières de l'esprit. Là-bas, dit-il, il nous quittera et s'en retournera ; à nous de nous débrouiller. La belle affaire !

Personne ne fait de grand projet, tant l'idée d'un arrêt semble utopique. Chacun vit sa vie. Parfois, une jeune fille épouse un jeune homme d'une autre voiture, un peu plus loin. De manière générale, il faut bien reconnaître que nous sommes, comment dire ? plutôt statiques, même si ce terme paraît paradoxal puisque le train roule, sans arrêt. Je veux dire par là que chacun demeure dans un compartiment déterminé et n'a pas envie d'aller voir en queue ou en tête ce qui ne se passe pas. Et tôt ou tard, chacun se marie, élève ses enfants, exerce une fonction, reste calme même si, sans le dire, il ne pense qu'au jour de l'arrivée.

Ce jour-là ne vient pas. Mes camarades, par lassitude ou conformisme, se sont mariés. Eux aussi, naguère, furent fascinés par une sirène d'en face. L'un après l'autre, ils se sont résignés et ont pris pour épouse une femme de chez nous, à portée de leurs mains, de leur esprit.

Certains restent en permanence sur le qui-vive, prêts à quelque chose. Veulent-ils être les premiers à mettre pied à terre ? Je les vois qui ajustent leurs chapeaux, cirent leurs chaussures, vérifient l'état de leur col et de leur cravate dans le miroir du compartiment. Qu'ils sont sérieux ! Ils considèrent les porte-bagages d'un air attentif, comme pour s'assurer qu'à l'instant décisif, ils n'oublieront rien.

Et moi, je regarde Andonia et Andonia me voit, parfois. Au début, elle restait indifférente ou feignait l'indifférence. Je l'observais, elle n'y prêtait guère attention. Je ne la gênais pas, mais je sentais bien, de temps à autre, qu'elle eût préféré se soustraire à mes séances de guet. Je me rappelle avoir, un jour, saisi une ardoise et, plein d'audace, demandé : « Qui es-tu ? » Elle avait souri et répondu, par ardoise interposée : « Andonia. Et toi ? » J'avais écrit : « Anton ».

Lorsque son train perd du terrain ou prend de l'avance, je m'enferme dans un mutisme total et mes compagnons comprennent qu'il est vain de m'adresser la parole. Andonia m'a confié un jour qu'elle était mariée ; elle a tracé un gros *OUI* en réponse à ma question. Je la vois s'éloigner souvent vers une silhouette dangereusement masculine, disparaître avec elle plus que de raison et, là non plus, il n'est pas bon de me causer.

Je le sais, c'est vain, mais je regarde Andonia souvent, et elle y est sensible. Lorsque j'apparais, elle met un collier, toujours le même. À la lumière d'automne, il étincelle. Puis, vite, quand vient l'hiver, quand le givre annexe les vitres, je dois chercher un interstice pour l'apercevoir encore une heure, ou deux. À chaque hiver, avec une angoisse qui confine à l'insupportable, je me retire dans le huis clos de notre train, elle fait de même dans le sien. Peut-être arriverons-nous bientôt en gare. Peut-être le paysage changera-t-il, peut-être quitterons-nous cette plaine.

Pour se réchauffer l'âme pendant la traversée de l'hiver, nous écoutons les vieux consumer leurs souvenirs dans l'évocation du jour du départ, dont, eux-mêmes, ils ont entendu parler par leurs aïeux. Quand tout cela a-t-il commencé ? Personne ne le sait vraiment. À mesure que nous nous éloignons de ce jour, son souvenir se ramifie en un delta de nuances, de versions différentes, il acquiert peu à peu un statut de légende. Nous, les jeunes, ne savons plus ce qui relève du mythe ou de la réalité. Nous douterons bientôt de l'existence de ce jour tout comme, déjà, nous doutons de celle d'une gare. Car il y a aussi cette autre légende, selon laquelle notre train foncerait vers un précipice, un pont ébréché d'où bientôt, peut-être, nous plongerons dans le vide.

Le vent de six heures dix-huit

Les plaines ankylosées que l'express happait, kilomètre après kilomètre, ne portaient aucun nom. Elles formaient sur les planisphères une tache beige tranchée par une diagonale crénelée, le chemin de fer. Comme pour des questions de gestion du territoire il fallait pouvoir les désigner, on parlait à leur égard des *steppes* avec, sur les lèvres, ce pluriel indéfini confirmant, si besoin était, qu'il s'agissait de zones désolées. C'étaient des étendues apparues sans rime ni raison le jour de la Création, un colmatage de fortune pour souder les zones qui, aux yeux du Très-Haut, avaient de l'importance. C'était de la place qu'on aurait pu vendre à bon prix là où elle faisait tant défaut, à Java, à Chittagong. Mais les gens d'ici n'avaient pas les réflexes mercantiles. Ils constituaient une race en voie d'extinction, faite de trappeurs, de prospecteurs et autres chasseurs de parfums subtils, insuffisamment nombreux pour qu'on les appelât *les gens*.

Il faut à l'express huit jours pour aller de la capitale à la côte extrême-orientale ; il traverse alors trois ou quatre grandes villes. Trois ou quatre, telle était la question que se posait un voyageur à bord du train, dans le wagon-restaurant d'où, dans la nuit tombante, on apercevait des bivouacs. Il s'enquit auprès de son voisin de table, homme d'affaires ouïghour, du nombre exact de villes. « Quatre », répondit l'autre, qui ajouta : « Nous en avons déjà passé deux. » Pour alimenter la conversation en attendant qu'on les servît, le voyageur renchérit que les jours à venir leur réservaient encore le plaisir de deux arrêts, de ces longs arrêts particuliers que faisait le *transbaïkalien*, qui permettaient aux voyageurs de s'immerger, quelques heures durant, dans des bouillons de culture orientaux. « Non, objecta l'homme d'affaires sur un ton catégorique. Un seul. Il n'y a plus d'arrêt à Taka-Maklan depuis trois ans… Est-ce la première fois, monsieur, que vous vous rendez en Extrême-Orient ?

– Par le train, oui. Et cette… Comment appelez-vous… ?

– Taka-Maklan ?

– Les villes et les gares que l'on traverse en voyage m'intéressent toujours au plus haut point.

– Vous ne pourrez pas faire halte à Taka-Maklan.

– Qu'importe. Nous verrons au retour.

– Au retour non plus. Plus aucun train ne s'arrête à Taka-Maklan.

– Qu'est-ce que cela signifie ? A-t-on omis de bâtir une gare dans cette ville ?

– Bien au contraire… Savez-vous que Taka-Maklan fut la première cité pionnière de la région ? Sa gare est la plus ancienne, elle a échappé à toutes les révolutions de notre architecture. Vous l'apercevrez probablement lorsque nous y passerons. Mais non, je n'y suis pas, nous devons y passer en pleine nuit.

– Je ne comprends pas.

– Comment dire ? Tout provient de ces horaires de train…

– Ne dispose-t-on pas d'une heure, en huit jours de voyage, pour s'arrêter dans cette ville ?

– Il y a trois ans, quand on envisagea une refonte des moyens de communication et du réseau de chemin de fer, les ministères du Rail et de la Mécanique lourde unirent leurs efforts pour produire rapidement plus de motrices et de wagons.

– Et alors ?

– Alors ? Les horaires de train furent revus et corrigés, mais une erreur se glissa à l'impression de la nouvelle version, qui échappa à la vigilance des correcteurs. Nul ne vit qu'une ligne, mentionnant Taka-Maklan, avait sauté sur toutes les fiches, sans exception, et sur tous les programmes de travail. L'affaire souleva un tollé en haut lieu dans les milieux ferroviaires, certains perdirent leur place, pensez : deux millions d'exemplaires de livres, de fiches, par les temps qui courent !

– N'a-t-on pas pu corriger les imprimés ?

– Vous savez comme moi dans quel état de décrépitude se trouve notre industrie du papier : pénuries, problèmes de distribution, chute des exportations. Et je sais de quoi je parle : je suis dans le papier.

– Mais les cheminots, les chefs de gare, que sais-je… Ne peuvent-ils pas, d'eux-mêmes, amender cette situation, décider d'un arrêt, même bref, de temps à autre, à Takla…

– Taka. Taka-Maklan. Ce surcroît de travail ne leur serait pas payé. Officiellement, la ville n'existe plus. Et puis un arrêt de-ci, un arrêt de-là, comme vous semblez le préconiser un peu à la légère – permettez-moi, sans vouloir vous offenser – désorganiserait le système de circulation des trains et de distribution des matières premières. Nous avons affaire à une mécanique de précision, monsieur ; ralentir un convoi, ce serait provoquer une réaction en chaîne, saboter l'économie et Dieu sait s'il serait facile, aujourd'hui, de lui porter le coup de grâce !

– Vous voulez dire que depuis trois ans…

– Presque, oui. Aucune route ne mène à cette ville, et depuis que les caravanes n'ont plus de raison d'être, depuis la fermeture des caravansérails, personne ne gagne plus la ville par la steppe proprement dite. Il reste l'avion et, au début, des appareils évacuaient régulièrement les grands blessés, transportaient les délégations. Mais vous savez, sept mois sur douze, par ces latitudes, les pistes sont prises par un gel féroce. Ajoutez-y la raspoutitsa au printemps, le brouillard qui stagne dans la cuvette de la ville et ne se dissipe parfois pas de plusieurs semaines… Depuis près de deux ans, à ce qu'on dit, Taka-Maklan vit en autarcie. Du charbon et des médicaments sont parachutés de temps à autre. De moins en moins souvent. Pour le reste, la steppe est bien irriguée, très fertile aux abords de la ville.

– Mais… »

II

Le voyageur répéta son « mais » assorti d'une bonne demi-douzaine de points de suspension. Le silence retomba ; les plats avaient froidi. La soirée s'écoula lentement. Son cigare consumé, le voyageur, étrangement pensif, regagna son compartiment. Cette conversation lui avait fait perdre cette tranquillité qui l'enchantait tant au cours de ses déplacements. Le dialogue avec l'homme d'affaires avait remué en lui quelque chose qu'il croyait enterré suffisamment profond. Mais voilà que des fûts mystérieux venaient de se renverser, que leur contenu se répandait et que leurs émanations l'enivraient. Il ne pouvait trouver le sommeil. Taka-Maklan surgirait le lendemain à l'aube, pendant quelques secondes, cependant que tous, à bord du train, dormiraient. Quelque chose pourtant lui disait que dans le chapelet de wagons, certains attendaient ces instants-là. Devrait-il rester en vigie toute la nuit, de crainte de s'endormir ? La lune venait d'apparaître. De loin en loin, il distingua les ondulations d'une steppe à poil ras. Aucune habitation. Dans ce moment irréel, des collines dodelinaient, s'enchevêtraient. Il en était maintenant certain, il ne fermerait pas l'œil de la nuit. Il écouterait l'express renâcler, mastiquer de ses machoires d'acier les paquets de neige que la steppe lui sacrifiait. Au bout d'un moment, n'y tenant plus, il alla déambuler dans la coursive et commanda un thé. La conversation d'un contrôleur désoeuvré lui apporta un certain réconfort. Son inquiétude sembla refluer. Et dès qu'une certaine sympathie se fut établie entre eux, l'employé des chemins de fer proposa au voyageur d'aller dans sa cabine ouvrir une bouteille d'alcool.

III

Au septième verre, le contrôleur s'entrouvrit du destin de Taka-Maklan. Oui, en vertu de l'amitié qui le liait désormais au voyageur, il consentait à lui communiquer des informations dont, étant donné son devoir de réserve, eu égard à sa fonction, il n'aurait pas dû faire mention, tout particulièrement lorsqu'il était en service. L'employé des chemins de fer eut un sourire au coin des lèvres. Depuis des mois, les autorités de Taka-Maklan avaient décrété la quarantaine. Les contacts étaient suspendus avec le reste du monde : aucun avion n'atterrissait ni ne décollait. On parlait d'une maladie inconnue, aux conséquences imprévisibles, et surtout très longue, très contagieuse. La presse, pour ne pas alarmer l'opinion, ne s'en était pas fait l'écho. Pourtant, plus aucun trappeur ne s'aventurait jusqu'aux marchés de Taka-Maklan ; plus personne ne faisait halte dans la ville maudite et cela, depuis des mois et des mois. Enhardi par son audace, le contrôleur fouilla un placard et mit la main sur un vieil horaire de train. « Avant les changements », fit-il. On pouvait y lire les heures d'arrivée et de départ des trains à Taka-Maklan, dont celui qui emportait le voyageur. Arrêt à six heures dix-huit, chaque matin. « Regardez ! »

IV

Taka-Maklan, Taka-Maklan... Il sembla au voyageur entendre de nouveau les syllabes de villes mythiques comme Samarcande ou Khandara. Taka-Maklan... Il lui sembla que le mugissement de l'express et le froissement des essieux disaient, à leur façon, le nom de la ville, depuis la première minute, mais il ne s'en apercevait que maintenant. Taka-Maklan, Ta-ka-ma-klan... Ces syllabes martelaient son esprit de petits coups secs tout comme elles avaient dû scander son sommeil et ses rêves ; à présent, il les entendait distinctement sous ses pieds, régulières.

Le contrôleur se versa un énième verre. De temps en temps, il éjaculait quelques mots puis faisait silence avant d'émettre de nouveaux sons. Chaque salve de syllabes l'épuisait, mais il ne pouvait cesser. « Vous verrez. Le train ralentit. Il s'essouffle dans la côte avant l'arrivée à Takamak, Taklak, makl. La vitesse est sévèrement limitée dans les gares, vous aurez tout loisir d'apercevoir la ville en contrebas. »

Le voyageur abandonna le contrôleur à son sort et regagna sa couchette. Il savait maintenant, confusément, qu'il avait affaire à l'un des trois ou quatre rendez-vous que la vie donne à chacun et il était décidé à ne pas laisser passer celui-ci bras croisés. Pour la première fois depuis le commencement de son existence, la question qui lui venait spontanément à l'esprit n'était plus : « À quoi bon ? » mais « Pourquoi pas ? ». Aussi ne ferma-t-il pas l'œil et quand l'aube fut là, il s'emmitoufla, empoigna sa valise et remonta la coursive. Un moment plus tard, alors que le train pénétrait lentement dans des faubourgs encore obscurs, une porte s'ouvrit et une silhouette s'abattit dans la neige épaisse, roula au bas d'un talus. Le train continua sa traversée et partout, le silence revint.

V

On lui ôterait prochainement le plâtre. Il n'avait rien à craindre ; il serait tiré d'affaire dans quelques jours. Qu'il faisait clair, ici ! Il se trouvait dans cette chambre d'hôpital depuis trois jours déjà. De son lit, le matin, vers six heures et quart, il entendait au loin le *transbaïkalien*. On l'avait aussitôt rassuré, la quarantaine n'était qu'une rumeur propagée par la ville à la seule fin de préserver son isolement, et les médecins de Taka-Maklan travaillaient d'arrache-pied pour ne pas trouver de vaccin, lui avait dit en souriant une infirmière. Le signal de la quarantaine flottait sur les bâtiments publics, et des vautours décrivaient de larges cercles autour ; on les nourrissait grassement pour ça.

De sa chambre, le voyageur avait vue sur les quartiers sud de Taka-Maklan. C'était une cité à la fois ancienne et moderne, avec des murailles en pisé. Ses édifices les plus élevés – des immeubles de verre de vingt à trente étages – étaient souvent bombardés d'azur quand, plus bas, les rues baignaient dans le brouillard. « Voilà donc à quoi ressemble Taka-Maklan », se disait-il… Comme les habitants ne quittaient plus la ville, les riches s'offraient des vacances en louant un appartement à terrasse aux étages les plus élevés, à trente ou quarante mètres au-dessus du niveau de l'hiver. Les saisons n'avaient plus guère de sens temporel. On montait voir un ami en été, on descendait faire son marché en hiver. Hiver et printemps étaient les quartiers les plus représentatifs de la ville, bien plus que les quartiers sud, nord, est ou ouest puisque les points cardinaux n'avaient plus cours : on avait confisqué les boussoles.

VI

Le voyageur put sortir quelques jours plus tard. On le félicita de s'être remis si vite de sa chute accidentelle. Il demanda où il pourrait séjourner, car il ne voulait pas repartir tant qu'il n'était pas totalement remis. Nanti d'une adresse d'hôtel, il se mit en route.

C'était sa première sortie en ville. Il dévisagea les places et les façades avec grande attention. Nulle part, il ne restait de statues sur les socles, que des choucas avaient fait leurs. Les portraits des dirigeants avaient eux aussi disparu. Partout, on remarquait d'abord ce qui avait été retranché. Plus de slogan, plus de publicité. La ville avait fait taire les directives, arraché panneaux de signalisation et feux rouges. Le cours d'eau que le voyageur enjamba ne savait plus dans quel sens couler. Lascif, gagnant du temps en multipliant les méandres, il stagnait. Plus aucune mer ne l'attendait.

VII

Bien vite, la ville n'eut plus de secret pour le voyageur. Il avait arpenté ses avenues, tremblé dans ses venelles, interrogé ses habitants. Un vieillard lui avait expliqué que les ondes n'étaient plus arraisonnées. Aucun filet ne les arrêtait : les transistors chômaient faute de piles. Les téléviseurs tombaient en panne l'un après l'autre et si, d'aventure, on trouvait un électricien en mesure de les opérer à cœur ouvert, il inventait toujours un prétexte – hernie discale, rédaction de ses œuvres complètes – pour ne pas venir.

Restait le téléphone. Mais qui, dans la capitale ou ailleurs, avait besoin d'appeler une ville à laquelle on avait arraché les perfusions ? Parfois, le central téléphonique enregistrait un appel de l'extérieur ; c'était une erreur. Viendrait le temps où l'existence même de la ville serait mise en doute en haut lieu, d'autant qu'en vertu des nouveaux horaires, on avait supprimé les trains passant de jour à Taka-Maklan. Viendrait ce temps, répétait le vieillard. Comme le voyageur demandait de quoi vivait la ville, pourquoi elle continuait d'exister dans de telles conditions, son interlocuteur eut des étoiles inconnues dans les yeux et devint lyrique :

« Regardez ce bâtiment, là-bas. Autrefois, c'était l'université. On l'a rebaptisée *Institut de l'oubli*. C'est là que jeunes, adultes et vieillards se rendent pour suivre des cours du soir, ils s'emploient à désapprendre, à se détromper. Ici, les gens poursuivent leurs désuétudes. Les désétudiants reçoivent un diplôme quand ils parviennent à se délester de l'essentiel. Nous avons des docteurs en oubli comme vous en avez en sciences. Voilà ce que vous aurez à faire si vous tenez à rester ici : devenir un habitant des limbes ! »

VIII

Le sentiment d'avoir mis sa vie entre parenthèses, de l'avoir suspendue à un fil le temps qu'elle s'égoutte, ne lui était pas désagréable. Il ne voulait plus se cacher qu'au fond, ce voyage n'était qu'un prétexte pour fuir, un moyen de réaliser qu'il n'avait d'attaches nulle part. Les hommes d'ici avaient été happés par un trou noir. Ils en profitaient pour faire le ménage, tuer leurs vieux démons, chasser les fantômes de leurs piédestals et refermer les plaies vives. Mais lui ? Il n'avait rien de particulier à oublier, il n'avait rien en propre qu'un nom et un prénom.

IX

De temps à autre, comme il avait été convenu, le voyageur revenait à l'hôpital passer des examens de suivi. Les traces d'hématomes s'étaient rapidement résorbées. Vous avez bien encaissé le choc !, lui disait-on. Combien se sont tués ou sont restés paralysés après avoir sauté du train en marche ! Oui, un miracle… Chez vous, absolument rien… Et on ajoutait, un ton plus bas : « Il n'y a qu'une chose qui ne va pas : votre nom. » Il lui semblait, à les entendre, qu'ils prononçaient ce mot-là en italique. « Votre *nom*. Il faudra penser à vous le faire enlever ; vous ne pouvez pas rester comme ça éternellement. » Et on lui communiqua une adresse. « Allez-y sans trop tarder, c'est indispensable ici. S'il vous plaît. Rien ne presse, mais faites-le. » Le voyageur lut le carton qu'on lui tendait : *Services de radiation*.

X

Un jour, il traversa des chantiers, des terrains vagues et des entrepôts. Que ces bureaux étaient loin ! Les flocons tombaient drus, le vent soufflait fort. Soudain, il se crut entouré de fantômes, inclinés, renversés, certains décapités. Aucun ne tenait debout. C'était un cimetière de fantômes. Sa main chassa la couche de neige fraiche qui recouvrait l'un d'eux et il reconnut un visage, puis un deuxième, à ses côtés, un troisième… *Vieilles idoles de ma jeunesse… Vous dormez donc ici, maintenant…* murmura-t-il. Alors, dans son dos, une voix le fit sursauter. « Vous cherchez quelque chose ? Ou quelqu'un ? » Il se retourna et se retrouva nez à nez avec un jeune homme souriant.

« Mon chemin, j'ai dû m'égarer.

– Où allez-vous ?

– Aux services de radiation, perte d'identité.

– Vous y êtes. Ce bâtiment-là, à droite.

– J'y suis ? Mais qui êtes-vous ?

– Je suis le gardien du pilon.

– Le pilon ?

– Le cimetière des statues de la ville. »

Le voyageur frissonna. Sous la bourrasque, en l'espace de quelques secondes, il crut voir les statues se dresser, rechercher leurs têtes, se tromper, les échanger puis se mettre en marche, en colonne, avancer vers le cœur de la ville, le doigt pointé vers ses habitants. Ce qu'il ressentit allait au-delà de la peur.

« Je ne veux pas vous importuner plus longtemps. Merci, dit-il au gardien.

– Si vous venez vous incliner auprès de l'une d'elles, dites-le moi… Je vous comprendrai. J'en vois plusieurs par jour, des comme vous, ils cherchent leur chemin, soi-disant. Regardez : la neige a bien travaillé. Les visages ont disparu en une demi-heure. Quand je pense au temps qu'il faudra pour les effacer des esprits ! Au temps qu'il nous faut pour réduire en poussière ces statues ! Le marbre, mon Dieu, le marbre…

– Au revoir. Je vous remercie. »

Le gardien se raidit, comprenant qu'il n'avait pas

affaire à l'un de ces nostalgiques qui patrouillaient parfois en rasant les murs. Le voyageur frissonna de nouveau en jetant un coup d'œil aux statues. Ne s'agissait-il pas de visiteurs pétrifiés ? Il sentit que le froid commençait à figer ses membres et fit un pas. « Premier bâtiment, à droite », répéta la voix, dans son dos.

XI

Les mots de la conversation continuaient à vagabonder dans son esprit lorsqu'il ressortit du bureau des radiations. Les réparties lui revenaient en mémoire, l'une après l'autre, jusqu'à son refus final et au conseil de l'employé : *Ne vous décidez pas à la hâte. Si vous tenez à rester, repassez signer l'attestation de renoncement. C'est la dernière fois que vous signerez !* Il avait voulu rétorquer : cette signature n'aura plus aucune valeur.

Le voyageur erra durant plusieurs jours sur les marges de la cité. Il passait son temps à considérer l'horizon. Pendant tous ces jours, il s'était fait beaucoup d'amis, on appréciait sa loquacité et son sens de l'humour, et on aimait l'observer. L'horizon, lui, demeurait vide. Les seuls événements venaient du ciel, où, de temps à autre, une tourmente de sable se levait. Le « V » d'une formation d'oiseaux migrateurs se dessinait parfois dans le lointain, mais il ne se posait jamais sur la ville. Ce « V » n'était plus celui de quelque *victoire* mais celui de *vanité, voyage*. Dans les faubourgs de la cité, on voyait s'ébranler des colonnes de bêtes de somme chargées de tous les objets inutiles. Elles prenaient la direction de l'horizon et s'amenuisaient vite.

XII

Pendant tout ce temps, le voyageur prit des notes, arpenta les rues dans un sens ou dans l'autre. Les semaines passèrent. Il ne revenait pas dans ces lointains bureaux. Un matin, les habitants constatèrent sa disparition. Aux pas laissés dans la neige, qui aboutissaient à la voie ferrée, on devina qu'il avait couru vers le train de six heures dix-huit. Tout portait à penser qu'il avait réussi à monter sur un marche-pied, à saisir une poignée.

La neige avait recommencé de tomber. Bientôt, elle effacerait ses traces. Le soir, dans les écoles, beaucoup, les yeux tristes, demandèrent à oublier le voyageur et son train, et le martèlement des essieux, qui scandaient *Taka-Maklan, Taka-Maklan*, sur des lieues et des lieues.

janvier 1991

Frontières

I

La frontière surgit au terme d'un long voyage. On aperçoit de loin son serpent noir sur l'horizon. La frontière fascine. D'où que l'on vienne, on est choqué par la puissance de cette barrière de pierre et de pisé. Quelle est sa hauteur exacte ? En quel siècle fut-elle érigée, et qui en furent les architectes ?

Le voyageur est arrivé voici deux jours, par le train. Ils sont des dizaines, comme lui, à attendre dans cette bourgade au pied de la muraille, où des auberges ont été ouvertes pour les accueillir. Tous les commerces utiles au bon déroulement d'un séjour ont poussé au pied du mur. Dès sa descente de train, il a localisé une poste, un bureau de tabac et plusieurs échoppes.

En somme, tout commençait bien. Plus loin s'élève une puissante bâtisse, en retrait ; c'est le siège de la police où, sans attendre, il a retiré son permis de monter. Un sous-officier de permanence l'a convié, dès qu'il la connaîtrait, à communiquer son adresse temporaire au pied du mur. « Il y a affluence, et l'hiver va commencer. Après, tout sera difficile. Maintenant, attendez. Nous vous préviendrons ».

Tous attendaient, ici, la même autorisation. Tous veulent monter au sommet pour voir de l'autre côté. Tous, pour diverses raisons, ont obtenu ce droit. Ils ont conscience d'être des exceptions. À leur retour, ils seront sollicités. Ils devront reprendre le même récit, raviver les mêmes souvenirs pour ceux qui n'ont pas eu leur chance.

Chaque jour arrivent ici, à pied, en train ou à bord de guimbardes, de nouveaux récipiendaires de l'autorisation. Ils portent leur regard vers le sommet, que l'on n'aperçoit pas mais que l'on croit discerner, le mur est incurvé. Ils imaginent on ne sait quel belvédère avec table d'orientation. Ils imaginent beaucoup de choses et croient pouvoir gravir aussitôt l'un des escaliers.

Mais il n'en allait pas ainsi. Le voyageur est là depuis une semaine. Par politesse, pour ne pas s'aliéner un sous-officier qui semble investi de pouvoirs étendus, il n'est pas allé quémander des renseignements au siège de la police ; d'ailleurs, sa patience vient d'être récompensée. Ce matin, deux policiers ont frappé à la porte de la chambre qu'il partage avec d'autres voyageurs. *Présentez-vous demain à six heures au poste de contrôle et demandez le caporal de permanence*, lui ont-ils dit. Puis les pas se sont éloignés. Il s'est rué à la fenêtre, a attendu qu'ils ressortent de l'auberge pour leur faire un signe, mi-au revoir, mi-remerciement, il a appelé mais ils n'ont pas répondu.

Le gamin qui le guida le lendemain à l'aube vers le poste de contrôle se faufilait entre les échoppes et les hommes assoupis. Avec un sourire propre à sa tranche d'âge, il tendit la main pour indiquer le poste au pied de la muraille. Le voyageur lui bourra la paume de piécettes, le gratifia d'une tape sur l'épaule comme on fait en pareil cas. Après seulement, il porta son regard vers les premières marches et les divers niveaux visibles du mur, avec ses escaliers extérieurs et ses corps de garde. Il fut pris de vertige et dut fermer les yeux. Il faudra plusieurs heures, pensa-t-il, pour en faire l'ascension et il serait bon de commencer sans plus tarder parce que bientôt le soleil tapera, et bien que l'on soit en novembre, contre un mur... Ce devait être pour cela qu'on lui avait fixé un rendez-vous si matinal avec un caporal, se dit-il. C'était là une attention bienvenue, et il força le pas. Une sentinelle lui demanda sa convocation, puis il fut introduit à l'intérieur, dans la première pièce, où on le pria de patienter. Le caporal apparut au bout de quelques minutes et l'introduisit dans ce qui tenait lieu de bureau. Il lui proposa un café et le voyageur trouva fort délicat, avant une longue ascension, que l'on prît soin des hôtes de la frontière. Il prit place et considéra ce caporal : homme jovial de la cinquantaine, avec des yeux rieurs. Celui-ci lui fit des recommandations et le félicita d'avoir obtenu une autorisation. Puis il servit le café. « Vous avez de la chance, dit-il, un lit vient de se libérer au premier niveau, où vous pourrez vous installer sans tarder. Vous avez de la chance ; par ces jours d'affluence... Et les désistements, inutile de le préciser, sont rares.

– Un lit ? Vous voulez dire... Je ne saisis pas, fit le voyageur.

– Quelque chose ne va pas ?, interrogea le caporal, courtois.

– Le lit... Je ne reste pas, je monte, il y a méprise, je vous assure.

– Monter ?

– Au sommet !

– Ah oui, naturellement, bien sûr. Cependant, jeune homme, au-delà du premier niveau débute la zone militaire, sous haute surveillance comme vous pouvez l'imaginer. Vous devez être accompagné dans vos déplacements à partir de cet étage. Et je crains, en raison de la faiblesse des effectifs actuels, que vous n'ayez à patienter, ne serait-ce qu'un jour, au premier niveau. Vous n'ignorez pas ce que l'on dit de la muraille : elle est le reflet de la vie ! » Et il partit d'un grand éclat de rire sympathique, un peu long certes, franchement long, à n'en plus finir.

– Un jour…

– N'ayez crainte. Nous avons pensé à ce type d'aléas. Vous pourrez sans problème faire prolonger votre permis de séjour ; d'ailleurs, pour cela, des bureaux ont été ouverts ici et là. Je vous souhaite bonne route jusqu'au premier niveau ; j'avertis par téléphone de votre arrivée. Bonne marche ! »

*

Alors il se met en route, sous un soleil déjà haut. Çà et là, des fontaines avaient été installées pour que les visiteurs se désaltèrent et chaque fois, un panneau indiquait : *eau potable*. Il parvint au premier niveau en sueur, exténué par la hauteur des marches, à la mi-journée. Là, il se heurta au premier barrage. *Zone frontière !*, lisait-on en énormes caractères, sur un écriteau. Il déclina nom et prénom, présenta son permis signé par le caporal du poste inférieur. *Tout semble marcher pour le mieux.* Il put prendre une chambre à l'auberge, ou plutôt un lit dans une chambrée ; quoique le lieu fût fort bruyant, il ne tarda pas à dormir du sommeil du juste.

Il s'éveilla quelques heures plus tard alors que le soleil déclinait. Comme il avait une faim de loup, il descendit vite l'échelle, prit place à une table où se rassasiaient plusieurs gaillards. Face à des inconnus, il ne savait jamais comment engager la conversation ; il craignait de commettre une bourde. « Montez-vous demain ? », interrogea-t-il l'un d'eux, au hasard. L'autre considéra le voyageur, se demandant manifestement s'il était sérieux ou s'il pratiquait ce que, dans la plaine, on appelle l'humour à froid. Puis il partit d'un rire chaud et communicatif qui gagna vite toute la tablée. L'auberge entière ne fut bientôt plus qu'un grand fou rire et le voyageur, acquis à leur gaieté (mon Dieu, se disait-il, comme ils ont dû boire, je suis tombé dans un repaire de pochards), rit à son tour de bon cœur. Ensuite, il se versa un verre de vin et se tut. Alors qu'il n'attendait plus de réponse, que les rires cessaient l'un après l'autre comme un éboulement, peu à peu, se stabilise, on lui lança, depuis un lit : « Nous montons, mais pas demain. Les plus chanceux, dans cinq jours ».

Pour des raisons touchant au statut militaire de la frontière, le nombre de personnes habilitées à passer au niveau suivant était limité à quatre par jour en ce point de la muraille. Voilà pourquoi il fallait cultiver la patience. Il eut ainsi des jours à tuer au premier niveau, cinq ou six, et put enfin partir ; tout bien pesé, il faisait partie des chanceux et on ne manqua pas de l'en féliciter à l'auberge. D'aucuns se lamentaient : ils étaient vieux et craignaient de ne pouvoir vivre assez longtemps non seulement pour monter et voir, mais pour revenir et dire, donner à voir.

Il partit de bon matin en pensant que ce jour ressemblait à celui où il s'était présenté au poste de contrôle, une semaine auparavant. Il regarda en arrière et aperçut, tout en bas, les étals du marché où, le temps qu'il était resté, il avait pris ses habitudes. Il emplit ses poumons d'un air glacial et azuré et se mit en marche. En chemin – il suivait depuis une demi-heure la patrouille qui l'avait pris en charge –, il interpella un homme qui descendait :

« Reviens-tu du sommet, ami ?

– Je travaille au quatrième niveau. Je ne suis jamais monté plus haut.

– Tu peux peut-être me dire combien de temps il faut pour y monter…

– Au quatrième niveau ?

– Au sommet.

– Je l'ignore, je ne peux pas t'en parler, c'est la zone la plus secrète. Peu d'entre nous s'y sont jamais rendus. Bonne route à toi, excuse-moi ; je veux être en bas avant la tombée de la nuit. »

Sans mot dire, le voyageur poursuit son ascension. Il ne s'ouvrait pas de ses impressions aux soldats. À mesure qu'il montait, quelque chose déclinait en lui, dont le recul était inversement proportionnel à l'ascension en cours. Quoi ? Il n'aurait su dire et ne cherchait pas, de peur, en fouillant, de déséquilibrer quelque chose de fragile. Les heures passèrent. Les marches mesuraient près de quarante centimètres de hauteur et brisaient son rythme ; il sentait ses mollets déjà raidis. Le lendemain n'en serait que plus dur…

Au deuxième niveau, la patrouille et le voyageur se heurtèrent à un poste de contrôle. Les uniformes avaient changé. Les formules n'étaient plus exactement les mêmes, comme si, insensiblement, on s'apprêtait à changer d'empire et de langue. On pria le voyageur de s'asseoir quelques instants ; un officier s'enferma dans un bureau et téléphona. Quelques minutes plus tard, il en ressortit et dit au voyageur :

« On veut vous parler. »

Hésitant, ce dernier se leva et prit le combiné. Il reconnut la voix enjouée du caporal : « Bonjour, bonjour, vous souvenez-vous de moi ? Je vous prie de nous excuser, la ligne est déplorable. Je suis en service au niveau trois ces temps-ci. Je serais heureux de vous y faire parvenir dans les plus brefs délais, si, si. Ne me remerciez pas ! C'est tout naturel. Je suis enchanté de voir que votre ascension se déroule dans de bonnes conditions, n'est-ce-pas ? Si vous saviez les difficultés que nous avons à gérer tous ces flux, reflux de visiteurs ! Écoutez-moi : la conjoncture est plutôt favorable, peu de monde en attente au deuxième niveau, tout fonctionne à merveille si ce n'est, à mi-pente, des travaux qui ne s'éterniseront pas, je vais d'ailleurs tenter de vous faire passer dans la journée. J'envoie quelqu'un vous chercher. Il sera là bientôt, et j'aurai le plaisir de vous offrir le café prochainement, à mon nouveau poste. Oui, je vous expliquerai, de rien, de rien. À bientôt. »

*

Mais il se mit à tomber ce jour-là sur la muraille une pluie violente comme on n'en voyait guère qu'en automne. Cela ne durait généralement pas mais chaque fois, à la vue de ces torrents déversés sur le pisé, les visages des hommes verdissaient de peur. Ce jour-là, trois à quatre heures de pluie torrentielle contraignirent le voyageur et son accompagnateur à s'abriter dans une anfractuosité de la pente. Le ravinement fut tel qu'un chantier où des ouvriers s'affairaient, quelques mètres plus haut, céda brutalement. Trois hommes disparurent dans une coulée de boue. Lorsque le voyageur put constater l'ampleur des dégâts, il vit l'escalier coupé sur une dizaine de mètres. Les niveaux supérieurs de la muraille étaient ainsi qu'une île dans la tempête : inaccessibles.

II

Les travaux de remise en état durèrent une huitaine. Une passerelle fut lancée de part et d'autre après l'effondrement et aussitôt, des équipes d'ouvriers se relayèrent, mais aucun visiteur ne passa durant la réfection de l'escalier. Les pluies cessèrent vite ; aucun autre éboulement ne vint endeuiller la muraille. Entre-temps, le voyageur dut revenir au niveau deux pour obtenir prolongation de son permis. Au regard des difficultés rencontrées jusqu'à présent, cela lui parut un jeu d'enfant. Et l'ascension reprit, par une journée grise et froide. Il dépassa vite le lieu de l'accident et s'engagea avec l'accompagnateur dans une zone qui, dès les premières heures, lui parut hostile.

On croisait de plus en plus rarement ces postes et habitations qui, il y a peu encore, jalonnaient et, comment dire, égayaient la pente. Par plaques, le mur était revenu à l'état sauvage. Des oyats poussaient, de loin en loin ; la muraille faisait penser à une joue qu'on n'aurait pas rasée de plusieurs jours.

Ils montèrent ainsi pendant des heures. Les marches étaient devenues si hautes qu'ils devaient ménager leurs forces, faire de fréquentes pauses. Certains matins, l'un d'eux, souffrant des jambes ou d'un genou, déclarait forfait. On remettait le départ au lendemain. Le voyageur avait tout loisir de cultiver sa patience ; une remarque visant l'accompagnateur aurait pu paraître déplacée, attirer quelque ennui au niveau suivant. Il connut lui aussi le feu des ampoules, l'envie de jeter par-dessus bord le sac, les chaussures et le but de l'ascension.

*

Avec le soir, la paix tombait du sommet au rythme où la nuit montait de la vallée. Les poumons, qui toute la journée avaient joué du bandonéon, s'emplissaient maintenant au ralenti ; tout s'apaisait, reprenait sa place. Ils étaient parvenus au troisième niveau. Ce que l'on présentait sous cette appellation était une ville troglodytique, un entrelacs d'escaliers qui, en se croisant, formaient des X ou des V ou des K et non loin, à quelques mètres au-dessus de cette ruche, un poste commandait l'accès à l'escalier central, que les privilégiés empruntaient pour continuer. Le voyageur se heurta au caporal, à cet homme affable qui l'avait accueilli le matin du départ : « Caporal ! Très heureux… »

– Sergent, mon ami ! Sergent, répondit-il, mi-sérieux, mi-ironique. Depuis quelques jours, regardez ! Et il désigna ses épaulettes d'un air joyeux. Mon appui ne pourra que vous être bénéfique !

– C'est que, dès que possible, j'espère continuer, mais je souffre énormément d'un genou, il va me falloir du repos, je n'en peux plus…

– Vous devez vous faire examiner tout de suite, ne pas gâcher vos chances. J'espère que cela n'est pas grave et ne risque pas de vous disqualifier ; tant de gens veulent faire l'ascension trop vite et échouent… par simple empressement. Je vais m'occuper de vous, n'ayez crainte…

*

Le voyageur passa une semaine au centre de soins du troisième niveau. Vite, il retrouva ses forces du début. La douleur avait disparu au genou, mais elle renaissait ailleurs, sous d'autres formes, dans son esprit, tant il vit durant ce séjour de gens revenus des degrés supérieurs, vaincus par l'altitude et leur santé défaillante. Il fit la connaissance de personnes âgées, à bout, avides de regagner au plus tôt la base, de reprendre le train pour leur région natale, là où, quand ils s'étaient mis en route à l'orient de leur vie, on rêvait de la frontière. Comme d'autres, ils étaient partis trop tard. En état de choc, ils s'apercevaient que leurs jambes refusaient de porter leur rêve. Ils se reposaient quelques jours, on soignait leur dépression avec les moyens du bord et tôt ou tard, ils allaient devoir faire le chemin inverse.

Combien de malades de ce genre le voyageur vit-il défiler ? Certes, ce n'étaient pas des invalides, ils possédaient leurs cinq sens, quoique affaiblis, mais ils avaient subi l'ablation de l'essentiel. Car il n'existe pas de prothèse de rêve, se dit-il le jour de sa sortie. Dès que leur santé le leur permettrait, les pensionnaires libéreraient leur lit et partiraient. Avant d'entreprendre la descente, ils jetteraient un regard vers le sommet que le brouillard enveloppe.

Beaucoup souhaitèrent bonne chance au voyageur. Ils lui prodiguèrent des conseils, l'instruisirent des conditions de séjour au quatrième niveau. Très vite, il évita de leur répondre. Il emmitoufla ses certitudes dans un épais mutisme et attendit qu'on lui donnât l'ordre de marche. Accompagné d'une patrouille, il parvint au quatrième niveau avant que se déclenche une tempête. Le frimas conjugué au gel forma sur l'escalier une pellicule de verglas. Par endroits, elle atteignit deux à trois centimètres d'épaisseur. Comme aucun parapet n'avait été installé à pareille altitude, toute progression, dans quelque sens que ce fût, fut interdite. De telles conditions, disait-on, prévalaient une bonne partie de l'année dans ce secteur. Certains signes, qui ne trompaient pas, montraient que l'on approchait du sommet et cela donna chaud au cœur du voyageur.

*

Au quatrième niveau vit une importante communauté de visiteurs, bloqués pour des raisons climatiques ou médicales – certains supportent mal le manque d'oxygène, l'altitude ou le froid. Ils attendent là que leur organisme s'habitue aux conditions nouvelles. Les contrôles sont plus sévères. À cela, on comprend que le panorama du sommet ne doit plus être loin, même si, du fait de l'inclinaison de la pente, on ne peut apercevoir la ligne de crête.

On le logea dans une auberge en bien des points comparable à celle du niveau inférieur. C'est là, dans cette cité troglodytique, qu'il fit la connaissance de J., servante qui avait l'accent du quatrième niveau car elle était née là, voici dix-neuf ans. Ses parents, disparus, y avaient passé une partie de leur vie, la dernière, au cours de laquelle, comme le voyageur maintenant, ils avaient tenté de gravir la muraille. Avait-on jamais vu montagne sans sommet, mur sans faîte ? J. l'entretint longuement de ces questions ; elle lui rappela qu'à pareille altitude, la muraille était légèrement incurvée vers l'intérieur ; on ne pouvait discerner sa partie la plus élevée.

*

Avec elle, le voyageur perdait la notion du temps. Il aurait pu repartir, mais il voulait souffler un peu. Et puis, la saison ne se prêtait pas à l'escalade. Son amie était sereine, elle était belle ; mais elle ne voulait pas entendre parler d'amour tant qu'elle n'aurait pas trouvé l'âme sœur, qui l'emmènerait au bas du mur car le *sommet* dont elle rêvait, c'était le plat pays que l'on apercevait en bas. Elle avait beau être née là, elle était sujette au vertige. Jamais, assurait-elle, personne ne serait assez charmant, assez habile pour la convaincre de prendre le chemin de l'escalier central. Bien sûr, elle avait eu vent, comme tout le monde, des projets de construction d'un garde-fou ; et elle attendait ce jour avec impatience. Des dizaines de personnes, confiait-elle au voyageur, se jetaient chaque année dans l'abîme, fascinées par le vide. On disait qu'elles parvenaient en bas raidies par le gel, une expression d'effroi sur le visage ; on les avait surnommées les hommes volants. Certains avaient conçu sur eux des légendes magnifiques, qu'elle lui raconta.

*

La vie de la jeune fille était celle de la plupart des habitants du quatrième niveau. On n'osait plus les appeler « visiteurs ». Ils étaient là des centaines. Pour une bonne part, ils s'étaient mariés entre eux. Ils avaient fait halte ici, momentanément, pour la cérémonie du mariage et le banquet, pour l'accouchement, l'inscription à l'état-civil, la scolarité de l'enfant puis pour des raisons de santé. Ou, comme le voyageur, pour des intempéries subites. Le fléau le plus redouté était le brouillard : on pouvait le voir stagner, épaissir comme un gaz nocif, se contracter ou se sublimer.

Bien des visiteurs s'étaient arrêtés là aussi par manque d'argent. Ils avaient cherché à amasser un pécule suffisant pour financer le reste de leur voyage, dont ils ne savaient pas, compte tenu des difficultés, s'il les conduirait vers les hauteurs ou les ramènerait à la base. Certains perdaient la foi, comme ce pèlerin malheureux qui, apercevant les murailles de Jérusalem, se rend compte qu'il ne croit plus en Dieu. Lorsque leur regard faisait le va-et-vient entre les cimes et leur femme jeune et jolie, entre les centaines de mètres à gravir et ce paradis à portée de main, ils se disaient à quoi bon, et se le répétaient. À quoi bon ! Ils restaient, comme les parents de la servante l'avaient fait, dans l'espoir de repartir aux beaux jours, dans l'espoir que peut-être, leur progéniture reprendrait leur rêve à son compte.

Lorsque la jolie servante quittait son service, en fin de soirée, elle rapportait au voyageur les témoignages des gens de passage. Il avait remarqué, en tendant l'oreille, qu'on n'entendait ici jamais prononcer le mot de *sommet*. Il était seulement question des *hauteurs*. Les rares qui revenaient du cinquième niveau, où ils avaient été bloqués par les intempéries et avaient eu, dans la plupart des cas, un ou deux doigts gelés, parlaient simplement de « là-haut ».

*

La muraille comptait ainsi ses stations d'altitude, ses institutions, ses maternités et ses mouroirs et, entre eux, des auberges, des bibliothèques, des postes de police et des prisons, des échoppes et des maisons de tolérance. Les plus démunis guettaient un mandat postal, d'autres la mort, certains la guérison. Il n'était pas facile de vivre à flanc de muraille. Pendant les semaines qu'il passa au quatrième niveau, le voyageur fit connaissance avec la communauté locale. Beaucoup, comme lui, attendaient que le printemps vînt caresser les pierres. Mais il y avait là, aussi, des familles établies depuis des générations et des générations. Il y avait là, comme partout, des hommes heureux. Les visiteurs, qui payaient cher pour réaliser le rêve de leur vie, les faisaient vivre. Quand le ciel se déchirait, on apercevait un segment de paroi ; le sommet paraissait encore lointain et le visage de ceux qui entendaient poursuivre devenait terreux : ils faisaient, mentalement, l'équation entre le nombre d'années que Dieu leur donnerait encore à vivre et celui des marches à gravir, et cela donnait une fraction étrange. Des dizaines de fois, des centaines, ils refaisaient le calcul, soupçonnant une erreur, car il y avait toujours une erreur, mais où.

*

Le printemps éclata en quelques jours. Au moment où le voyageur s'apprêtait à repartir pour le cinquième niveau, il vit venir à lui un homme dont la silhouette ne lui était pas inconnue. « Sergent ! », s'exclama-t-il. « Sergent ! » Il arrivait, le souffle coupé, du troisième niveau, après une pénible ascension dans la boue. Sur ses tempes, des cheveux avaient blanchi. Des rides étaient apparues sur son front. « À moi de vous accueillir, cette fois, sergent ! », lui lança, de loin, le voyageur. « Lieutenant, rétorqua l'autre en cherchant son souffle, lieutenant... Je suis muté ici, c'est un grand honneur pour moi ! J'ai l'impression que nos routes se croisent, cher ami, et je souhaite que la vôtre soit bonne, puisque, comme je vois, vous repartez. Courage ! Elle sera longue. »

*

Au-delà du quatrième niveau débuta une zone sauvage et lugubre. La pente était moins forte, les marches étaient moins hautes. Par chance, l'accompagnateur ne demandait qu'à parler. De temps à autre, ils traversaient les anfractuosités de la muraille. Il s'agissait de carrières vieilles de plusieurs siècles, expliquait-il au voyageur, d'où les Anciens tiraient les pierres nécessaires à la construction de nouveaux degrés. « La muraille a poussé ainsi, raconte-t-on. Jadis, elle était bien plus épaisse, mais moins élevée. Elle a gagné en hauteur ce qu'elle a perdu en largeur. La plupart des contreforts ont été démantelés, leurs pierres utilisées à la construction des niveaux suivants ; lorsque cela n'a plus suffi, des carrières ont été creusées à même la muraille. »

*

Et les jours passèrent. Malgré le retour du printemps, les nuits restaient froides. Les carrières prodiguaient des abris en cas de pluie, quand ce n'étaient pas des cavernes, sur les parois desquelles, en laissant errer leur lampe à pétrole, ils découvraient des gravures représentant des espèces disparues. « Antérieures aux carrières, bien antérieures, croyez moi… », assurait l'accompagnateur. Ils s'endormaient chaque soir dans une de ces grottes, rompus, sous des cavalcades de rennes et d'aurochs. Le voyageur en venait à se demander si la muraille avait été conçue par l'homme ou s'il ne s'agissait pas, plutôt, d'une chaîne hercynienne que les civilisations auraient polie. À mesure qu'il s'enlisait dans ses réflexions, il se reprochait de ne plus penser à l'essentiel : le cinquième niveau. Depuis combien de temps était-il en route ? Ses rêves étaient peuplés de titans, de cyclopes amassant des pierres, jour après jour, depuis l'aube des temps, en direction du ciel.

Un soir, ne trouvant pas le sommeil, il sortit de la caverne où ils avaient installé leur bivouac. Il considéra les hauteurs et vit, sur de lointaines plaques de neige, ce dont on lui parlait depuis des semaines : les hardes noires ! C'était une aubaine que de les apercevoir, tant elles avaient été traquées par l'homme au cours des siècles. Il en subsistait quelques-unes et, à la longue-vue, on discernait les bois majestueux des grands mâles, gouverneurs de la harde, sentinelles de l'espèce. Ce soir-là, une harde était venue se désaltérer sur un névé, et le voyageur se demanda combien de jours il lui faudrait pour atteindre ces hauteurs.

La nuit tombait. Progressivement, son regard s'abaissa vers les lointaines lumières de la base. Quelque part dans cette constellation devait se trouver l'hôtel où il avait séjourné, au tout début. Qu'elles étaient petites, ces lueurs ! Plus lointaines que les étoiles… Pour la première fois, il eut un regret. Il aurait aimé être là-bas, dans une auberge, au chaud, et il se souvint de la légende des hommes volants. De sa servante brune, qu'il n'avait pas été facile de quitter. L'accompagnateur sortit lui aussi de la caverne. Ce moment de la journée incitait à la rêverie, au bavardage. « Ne regarde pas vers le bas, ami, lui conseilla-t-il. Si tu regardes trop, méfie-toi. Je ne donnerai pas cher de tes chances de continuer l'ascension ! » Au bout d'un moment, il reprit : « Je ne travaille pas au-delà du cinquième niveau… Après, cela ne me dit rien qui vaille. Entre nous, je ne connais personne qui soit parvenu au sommet. Ce serait pourtant le juste salaire d'une vie. Voir de l'autre côté… Mais…

– Mais quoi ?, fit le voyageur.

– Il paraît qu'au sommet, on est si haut qu'abstraction faite des brumes et des nuages, on ne discerne rien ; c'est à dessein que la muraille a été surélevée, sans cesse, au fil des âges. En somme, on ne fait qu'obéir aux lois de la nature : les astronomes ont beau mettre au point des télescopes plus perfectionnés, l'univers s'étend à telle vitesse, ses limites sont repoussées si loin que nul ne peut les apercevoir. Et là-haut, ami, qui te dit qu'il y ait quelque chose à voir ? Y as-tu pensé ? Certains, dans les milieux informés, font courir le bruit qu'au-delà de cette muraille s'en dresse une autre, incomparablement plus élevée, qui marque, elle, la véritable frontière. »

Le voyageur se leva, sonné par les propos du guide. Il n'osait croire ce qu'il venait d'entendre. Peut-être n'était-il pas trop tard pour redescendre… Pour revoir la jeune servante, la convaincre, la charmer, l'emporter sur son dos vers le troisième niveau, vers la base, vers les plaines où filaient des trains. Il fit quelques pas, songeur. Mais dans sa rêverie inquiète, il relâcha son attention ; brutalement, son pied glissa sur une roche luisante et il dégringola, dégringola jusqu'à un replat, où il hurla, blessé, paralysé, inaccessible. « Ma jambe ! », criait-il, « ma jambe ! »

Quand les secours arrivèrent, il était trop tard. Assoiffé, incapable de bouger pour tenter l'escalade, le voyageur avait attendu, attendu, et puis. L'accompagnateur avait eu beau courir, descendre le plus vite possible, tout cela avait pris des jours. Et maintenant, une patrouille déployait des échelles, des militaires descendaient, un médecin en tête. « Trop tard », confirma-t-il.

Derrière ce médecin se tenait un homme, et cet homme pleurait. Il portait l'uniforme d'un officier supérieur, de ceux qui prennent du galon à mesure que les années passent, lentement, sûrement. Il n'était déjà plus sergent, cela faisait belle lurette qu'il n'était plus même lieutenant. Peut-être, depuis tout ce temps, était-il devenu général, et il pleurait.

Des nouvelles de l'entrée de l'enfer

I

Il m'avait paru naturel, comme il pleuvait, de ramasser ce carnet d'adresses. Qui l'avait perdu, là, sur ce trottoir ? Et depuis quand traînait-il dans cette rue si peu passante ? Sa couverture noire se confondait avec le bitume et j'aurais pu respecter sa volonté de mimétisme, continuer et l'oublier passé le coin de la rue.

Seulement, les choses ne se déroulent pas ainsi. Quelque chose d'autre avait guidé ma main. L'air de rien, regardant autour de moi comme si je commettais une rapine, j'avais saisi le petit objet rectangulaire et l'avais fourré dans la poche droite de mon imperméable.

Une fois revenu chez moi, je n'avais pas éprouvé l'envie de l'ouvrir ; pas même de le prendre, de le poser bien en vue sur une table, pour plus tard. J'avais jeté l'imperméable sur une chaise, ayant plusieurs dossiers à éplucher rapidement et des coups de téléphone à passer. Il me semblait que le lendemain serait plus approprié pour donner suite au destin du carnet d'adresses. L'émotion qui m'avait envahi au moment de sa découverte avait fait place à l'indifférence.

Dans les jours qui suivirent, j'eus parfois l'impression de jouer au chat et à la souris avec le carnet. À intervalles réguliers, la morale remontant à l'assaut, je me disais qu'il serait bon de noter le nom du propriétaire, son numéro de téléphone, et de joindre cette personne pour la rassurer. Je n'étais pas, d'entrée de jeu, tenu de donner le motif exact de mon appel. Je pouvais fort bien écouter la voix de mon correspondant, m'efforcer de l'imaginer, en déduire son âge, sa taille, que sais-je... Son rang social, son salaire et ses rêves ! Pourquoi, d'ailleurs, *mon* correspondant ? Ne pouvait-il s'agir d'une femme, d'une jeune femme, d'une jeune et jolie célibataire, d'une jeune et jolie célibataire en attente du miracle, d'une jeune et jolie célibataire en attente du miracle qui à dessein avait laissé tomber son carnet d'adresses afin qu'on l'appelle, afin qu'un charmant jeune homme dans des dispositions analogues aux siennes l'appelle, afin que je l'appelle ?

Peut-être, actuellement, précisément parce qu'elle avait égaré son agenda, était-elle coupée du monde et ne pouvait-elle plus communiquer avec certains amis et connaissances ; il m'était, quant à moi, donné d'entrer en contact avec des personnes que je ne connaissais ni d'Ève ni d'Adam, et que l'usage m'interdisait d'importuner. En parcourant les notes des mois passés, je pouvais entrer dans une vie et l'épier à un moment donné qui, peut-être, était capital. Probablement quelques rendez-vous étaient-ils pris pour les jours et les semaines à venir ; et rien ne m'interdisait, si ce n'est les usages, de m'y rendre à sa place. Absurdité ! Parfois, comme le temps restait obstinément à la pluie, je mettais l'imperméable et ma main droite, lorsqu'elle plongeait dans la poche, me rappelait l'existence du petit objet, qui me faisait penser à ces boîtes noires qu'emportent les avions pour y consigner leurs vie et mort. Lorsque je sortais en oubliant mes papiers d'identité, je me plaisais à penser qu'en cas d'accident, ce serait la « boîte noire » d'un autre qu'on retrouverait sur moi ; on téléphonerait à l'un des numéros inscrits dans l'agenda. L'idée de pouvoir disparaître sous l'identité d'un autre, faute d'avoir pu vivre sous l'identité d'un autre, me ravissait et je me promis de sortir, dorénavant, sans mon passeport les jours de pluie.

II

Ce fut un soir de désœuvrement que, repris par l'ennui, je laissai ma main fouiller la poche droite de l'imperméable. J'avais craint un instant que le carnet d'adresses n'eût disparu. Qu'il fût tombé de ma poche et qu'il eût été ramassé par une autre main. Mais non. Il m'attendait ; ou plutôt, je me plaisais à penser qu'il attendait que je le saisisse et le feuillette. Que peut-il y avoir de plus agréable, pour un agenda, que d'être feuilleté par des doigts sensibles et fins comme les miens, sous une douce lumière de fin de siècle ?

Il me serait bien difficile de le décrire. Extérieurement, il ressemblait beaucoup au répertoire que j'avais eu l'an passé et je me demandais un instant s'il ne pouvait pas s'agir de lui. Qu'aurait-il fait sur ce trottoir, sous la pluie, dans une rue où, d'ordinaire, je ne passe jamais ? La première page me confirma qu'il ne s'agissait pas du mien ; elle ne portait ni nom, ni adresse. J'en fus déçu. J'aurais aimé apprendre l'identité de celui ou celle dont, depuis une semaine, je portais un abrégé de vie ; je l'aurais appelé(e) aussitôt, me serais excusé pour le retard, ou bien non, j'aurais dit que… Mais bref, ce n'était pas le cas. Figé sur la première page, je craignis que l'agenda entier ne fût vierge ; que, sept jours durant, ma main n'eût caressé que le vide. Les premières pages, où à la queue leu leu les jours filent de janvier vers décembre, confortèrent mon pressentiment. Rien, absolument rien.

Rien n'y avait été noté, pas même un rendez-vous chez le médecin, pas même la date d'échéance d'une facture. Tout allait prendre fin aussi simplement, dans une impasse. Une certaine nervosité s'empara de moi alors que je remontais les pages, janvier, février, juin, etc… Bientôt j'atteindrais septembre, à la date d'aujourd'hui ne figurerait rien, à moins que je lise, à la date d'il y a une semaine : « Aujourd'hui, on m'a retrouvé. » Puis : « Première journée dans la poche d'un inconnu », etc…

Mais non. Je dépassai septembre, continuai vers la fin de l'année ; toujours rien. J'allais renoncer quand, jetant un coup d'œil sur la page A du bloc d'adresses proprement dit, bonheur…

Une foule de noms se côtoyaient, suivis de numéros de téléphone, de ratures et, parfois, de nouveaux numéros. L'agenda appartenait bel et bien à quelqu'un, c'était ce qui importait ; si j'appelais l'un des numéros mentionnés, quelqu'un me viendrait en aide, nous trouverions ensemble qui en était le propriétaire. Mais comment me présenter ? Et comment présenter l'affaire ? À qui téléphoner ? Ces questions sans réponse m'empêchaient d'agir. Pensant que le propriétaire devait être plus intime avec les personnes dont seul était mentionné le prénom, je décidai d'écarter les patronymes. Cependant, comme la page A ne présentait aucun prénom isolé, pas plus que la page B, je cherchai un peu plus loin. Peut-être le propriétaire de l'agenda n'avait-il aucun ami proche, et cela, je ne saurais dire pourquoi, me chagrinait. Dès lors, comment m'expliquer ? Quel nom appeler ?

À la page D, mon attention fut attirée par un patronyme qui sortait du lot. J'avais eu affaire à un cabinet Dante, experts-comptables, mais cela remontait à fort longtemps. Et après ? S'il s'était agi d'eux, qu'aurais-je dit ? Ces gens-là ne m'avaient pas laissé un excellent souvenir. Il ne s'agissait d'ailleurs pas du même numéro ; celui du cabinet Dante – pourquoi ma mémoire s'encombre-t-elle de tels détails ? – commençait, je m'en souviens, par un 4.

Et je continuai à feuilleter le carnet. Tant de noms inconnus se succédaient ! J'en eus vite le tournis. Certains, pourtant, ne m'étaient pas inconnus. De ces noms si répandus que chacun en connaît au moins deux ou trois dans son existence. Le seul qui retînt véritablement mon attention correspondait à celui d'une ancienne maîtresse, dont je n'avais aucune nouvelle depuis des mois. Mais dans l'agenda, la personne était domiciliée à Moulins, dans l'Allier. Las, je reposai le carnet sur une étagère où la poussière, dans les semaines qui suivirent, le recouvrit.

*

Du temps s'écoula, mais combien de temps ? Des jours et des jours qui, par gerbes de sept, donnèrent des semaines. Et les semaines… Combien de mois passèrent ? Quelque chose me retenait de porter cet agenda au service des objets trouvés, et je l'avais même complètement oublié quand, un matin, au courrier, je reconnus une écriture qui m'avait été chère il y a quelques années : Tisserand, Nicole Tisserand venait de déménager en province et décidait de refaire sa vie à Moulins, dans l'Allier, d'où elle m'envoyait ses nouvelles coordonnées. La lettre de mon ancienne maîtresse était brève, et en la reposant, je pris toute la mesure du choc que m'avait causé sa lecture. Je repensai au carnet d'adresses. *Tisserand…* Et l'ouvris à la lettre T, tremblant et comparant les deux numéros de téléphone . c'étaient bien les mêmes. Je lui écrivis, disant que je prenais bonne note de son déménagement, ne manquerais pas de lui rendre visite si je passais dans la région, et lui demandais si par hasard un Tisserand n'avait pas habité auparavant à la même adresse, question que je la priais de ne pas trouver trop incongrue. Quelle ne fut pas ma surprise quand j'appris d'elle, quelques jours plus tard, que l'appartement était neuf…

III

Sournoisement, ce carnet me posait un problème de chronologie. Comment ce numéro de téléphone, inconnu il y a dix mois, quand j'avais découvert le carnet, avait-il pu être inscrit, *a fortiori* au nom d'une personne qui n'habitait pas encore cette ville et n'en avait alors peut-être pas même le projet ? Je ne sais pourquoi, je rangeai soigneusement cet agenda au fond d'un tiroir, d'où il ne bougea plus.

Je l'y retrouvai des années plus tard, à la faveur d'un déménagement. Combien de temps s'était-il écoulé ? Ma situation s'était stabilisée, mon entreprise avait retrouvé une bonne santé financière, je m'étais marié et avais deux enfants, maintenant scolarisés, que dis-je, le premier n'était pas loin de bachoter. Je remis la main sur le répertoire en vidant un tiroir ; et la vue du cuir noir ne me dit tout d'abord rien. Il me fallut quelques secondes avant que les pages de l'agenda – je n'en achetais jamais de ce type – réveillent le souvenir d'un jour de pluie, d'un trottoir, de l'adresse mystérieusement anticipée de Nicole Tisserand. Je souris ; j'aimais les déménagements pour ce qu'ils faisaient remonter à la surface, pour les jours enfouis qu'ils nous restituaient.

Et je feuilletai l'agenda. Je restai stupéfait devant ces pages. Je me souvins d'avoir pris ce même carnet en main voici plus de quinze ans et de n'avoir reconnu alors qu'un ou deux noms. Voilà maintenant qu'une bonne partie d'entre eux m'étaient connus. La plupart. C'étaient de nouveaux amis, de nouveaux collègues, des associés, des ennemis ou bien, de-ci de-là, des artisans, médecins, dépanneurs en tous genres, que sais-je… Je n'en croyais pas mes yeux. Et l'agenda n'avait pas quitté ce fond de tiroir. Troublé, je glissai le carnet dans un carton car on m'appelait. Je passai dans la pièce à côté pour aider ma femme à déplacer un meuble.

Dans le déménagement proprement dit, je perdis plusieurs affaires, dont ce carnet ; maintenant que tout était déballé, je pouvais retrouver de nouvelles marques, reconstruire mon royaume, mais personne, dans mon entourage, ne put me dire si un carnet noir lui était passé entre les mains quand il s'était agi de défaire les cartons.

IV

Il ne réapparut que des années plus tard. Comme beaucoup de dossiers, de documents divers et de vieux livres, il avait fini dans une des malles jetées au fond du grenier. Nos petits-enfants s'amusaient à fouiller leur contenu quand, un jour, je le revis, sur un tas de vieux papiers. Je le pris en main religieusement ; cette fois, je savais fort bien de quoi il s'agissait.

Et cette fois, près des trois quarts des noms m'étaient connus. De loin en loin, ce carnet resurgissait dans ma vie comme Moby Dick à l'horizon du capitaine Achab ; il suffisait d'un moment de calme, dans la pénombre d'une malle, pour que tout revienne. Je le savais maintenant, les noms encore inconnus ne le resteraient pas longtemps. Mais je ne pouvais tout de même pas appeler de futurs amis, collaborateurs ou ennemis, en me présentant et en disant voilà, nous serons bientôt amenés à nous connaître, alors ne perdons pas de temps, prenons un raccourci ; non, je ne le pouvais pas.

Je ne refis pas l'erreur de me séparer de l'agenda. Je le craignais, certes, l'évitais pour revenir ensuite à lui, ne serait-ce que pour le tenir, comme un talisman, un témoin, un je-ne-sais-quoi. Il m'arrivait de l'ouvrir. Je susurrais les noms qui allaient encore baliser ma vie, je me les répétais ; je me plaisais, comme aucun prénom n'était mentionné, à deviner s'il s'agirait de femmes ou d'hommes, à évaluer leur âge et le tour que prendraient nos relations ; mais surtout, ce qui m'intriguait, c'était le *quand* de tout ça. La tentation me prenait de composer leurs numéros ou d'aller rôder sous leurs fenêtres ; j'aurais fort bien pu raccrocher, ou passer mon chemin, incognito, et pourtant je ne le fis pas. Il n'y avait qu'un numéro pour lequel j'étais tenté de passer à l'acte, numéro sans adresse et sans nom vis-à-vis. Il m'intriguait. Il était là, seul, à la fin de la dernière page. Je ne sais pourquoi, un matin, je le composai, mains tremblantes, sans voix. J'aurais pu demander aux renseignements s'il était déjà attribué et à qui, mais non. Je préférai laisser sonner. On décrocha et ce fut une voix grave, très grave, qui répondit : *Pompes funèbres générales, j'écoute ?*

mars 1993

La plage où dort une sirène

Peut-être ce jour n'aurait-il pas dû avoir lieu. Pas ici, du haut du septième balcon du monastère. Et pas à un moment comme celui-ci, où je ne peux faire face, immobile, une jambe dans le plâtre, condamné à regarder la mer du haut des trois cent trente-trois mètres qui m'en séparent…

Ce jour n'aurait pas dû avoir lieu sur le rivage de la Sainte Montagne. Jamais peut-être, depuis la construction de notre monastère, pareil événement n'a tourmenté nos consciences. L'incendie de 1580, qui réduisit en fumée les archives les plus anciennes, le brasier de 1626 ou la guerre d'indépendance n'eurent probablement pas un tel impact. Pas même le dernier grand feu, en 1891, qui s'en prit à notre *katholikon*.

Une femme ! Ici… Bien que les archives aient disparu dans les flammes du 28 mai 1891, il ne semble pas que des femmes aient jamais abordé ce rivage, je parle de ce qui fut notre petit port, là, dans le vide où mes yeux se perdent. D'elles, de toutes les femmes de la Terre, nous ne conservons qu'une relique, la main gauche de Marie-Madeleine. Nos coutumes combien de fois centenaires interdisent leur présence dans la péninsule, mais voilà, de vieilles tempêtes se sont réveillées.

Ce jour n'aurait pas dû se lever. On dit que la Vierge Marie, en des temps reculés, fut poussée vers nos rivages alors qu'elle se rendait à Chypre avec saint Jean l'Évangéliste. Cette nuit, les flots se sont déchaînés, tourmentés par le diable ils ont battu notre flanc, balayé le jardin de la Vierge. Mon Dieu… Cette femme inanimée, retrouvée au petit matin sur une épave rejetée sur le rivage, qui est-elle ? Qui nous a envoyé ce cadeau diabolique ? Les flots convulsés ont-ils laissé remonter des profondeurs un courant antique, une sirène en perdition ?

C'est moi, higoumène du monastère, qui aurais dû descendre le premier vers le rivage. J'aurais dévalé la pente plus vite que de coutume, accompagné de quelque muletier ; je me serais porté à la rencontre de l'inconsciente… L'épave je l'aperçois à la longue-vue, est à moitié immergée. L'étrave, plantée dans le sable. Le corps de l'endormie repose sur le ventre, visage caché sous des cheveux châtains.

C'est moi qui aurais dû, le premier, la découvrir mais il faut que je sois bloqué dans ce nid d'aigle… En vingt ans de présence, je les compte pourtant de mémoire, les jours où le mal m'a cloué au lit, je les recompte même, pas moyen de se tromper.

Ils sont remontés du rivage pour me donner les premières nouvelles. Compte tenu de la taille du bateau, il devait y avoir quatre ou cinq personnes à bord. Peut-être moins. Quoi qu'il en soit, elle ne devait pas être seule. Nous avons téléphoné partout. À Grégoriou, Dionysiou, jusqu'à Pantéléimon et Zographou. Personne n'a signalé de naufragé sur ses côtes. Ni les Russes, ni les Bulgares, ni nos voisins. Il n'y a qu'à nous que les éléments se sont adressés. Seigneur ! Pourquoi n'a-t-on pas jeté sur elle une couverture, une étoffe sèche, que sais-je ? Ses vêtements trempés moulent son corps, collent à sa peau. Nul ne l'a touchée. Elle respire très lentement et doit être tombée dans une forme de coma ; peut-être a-t-elle quelque lésion et j'ai donné ordre de ne la déplacer sous aucun prétexte ; mieux vaut attendre l'arrivée d'un médecin. Deux novices veillent à ses côtés, à distance, comme s'ils avaient peur qu'elle ne s'éveille et ne les voie. Ceux qui sont remontés ont fait mine de reprendre leurs occupations.

Nous avons joint Karyès par téléphone. Karyès a téléphoné à Ouranopolis, à Iérissos. On envoie d'urgence une vedette de police avec des médecins. Ce ne sera que l'affaire d'une heure. Ou de deux, car la mer n'est pas encore sereine.

*

J'entends encore se refermer derrière moi les lourdes portes au soir de mon arrivée, il y a vingt ans. La nuit tombait et, ainsi clos, les monastères se préservaient du démon. Les trente premières années de ma vie venaient de se séparer de moi. Elles allaient danser une sarabande d'adieu au pied des murs, à l'extérieur, et le lendemain matin, dans la lumière d'octobre, elles se seraient évanouies. Il me semble, durant ces vingt années, avoir recomposé ma vie en creux, atteint un équilibre par la confrontation des contraires et lorsque cette femme a été jetée sur nos rivages, le fléau de la balance, mon Dieu, était à la verticale.

Mais voici qu'il pèse lourd dans la balance, son corps fin contourné par l'eau de mer. Il pèse trente ans, exactement, et peut-être la jeune femme a-t-elle atteint cet âge, peut-être pas, ma longue-vue n'est guère précise. Je me doutais qu'un jour ou l'autre, je ne serais plus tranquille. Souvent, déjà, les navires de croisière partant d'Ouranopolis pour une excursion au cap m'avaient fait battre le cœur. Je braquais la longue-vue, elle balayait les visages sur le pont, et combien de fois avais-je cru reconnaître parmi eux, venus des quatre coins du monde, d'anciens amis, d'anciennes connaissances, des femmes qu'il faisait bon aimer. Mais non. Nul n'est venu, nul ne sait que je vis ici retiré.

L'archontaris est revenu à la charge. « Mettons-la à l'abri, au chaud, dans la maison du port : elle n'est pas très confortable, mais en attendant...

– Ne la touchez sous aucun prétexte ! Elle a dû subir un choc violent. Cela pourrait lui être fatal. Nous ne savons pas nous y prendre. Ils vont bien finir par arriver, Karyès a dit une heure ou deux. Ce n'est pas... et puis il ne fait pas froid, maintenant, au soleil... » L'archontaris m'écoute et se tait.

*

L'existence est faite de petites morts successives, nichées les unes à l'intérieur des autres. Un téléphone que l'on ne décroche pas. Une correspondance que l'on interrompt ; une tombe que l'on ne fleurit plus. J'ai rouvert un jour l'atlas du monde, dans la bibliothèque du monastère, pour tenter de dénombrer mes morts antérieures. Les noms des capitales où j'avais vécu, les appartements que j'avais désertés n'attendaient que cela pour me revenir en mémoire. Et les noms des rues, et les prénoms des femmes.

La voilà. La vedette de police vient d'apparaître au large. J'ai l'habitude des distances sur ce paysage : elle sera là d'ici cinq minutes, six au plus. Lorsqu'elle arrivera près du rivage, on mettra un canot pneumatique à la mer ; des médecins prendront place à son bord. Ils atteindront l'épave, prendront en charge le corps et l'évacueront.

Je ne suis pas bien vieux, mais l'on ne vit pas vieux ici. Qui sait ? Probablement était-ce la dernière femme de ma vie. La dernière que j'aurais pu voir, approcher. Je ne l'aurais pas déplacée ! Je n'aurais rien fait. La voir. Effleurer encore une fois des cheveux, les écarter et dire oui au creux d'une oreille.

La vedette est repartie. Il me faudra des jours encore avant de remarcher, et aucune tempête n'est prévue dans les temps qui viennent, aucun naufrage. Un petit rien s'est brisé. Un bibelot est tombé d'une étagère. J'ignore ce que cette nouvelle petite mort, cette morticule, va emporter, quel bloc de mon existence elle va pousser vers le bord de l'étagère, de la falaise, de la Sainte Montagne qui m'écrase depuis vingt ans, pour le précipiter vers les grands fonds.

Athos, avril 1994

Les marchands de nostalgie

Les marchands de nostalgie sont arrivés très tôt, quand je dormais encore. Ils s'installent le deuxième dimanche du mois sur la place, sous les arbres et dans les ruelles du vieux quartier. Je n'avais jamais rencontré les marchands de nostalgie. Je viens les voir ce matin d'hiver, de retour à la ville. Ils ont bravé les giboulées pour leurs clients. La matinée est avancée. Je flâne. Vieilles publicités en émail, en métal, gramophones en veux-tu en voilà, postes à ondes courtes. Plus loin, disques soixante-dix-huit tours de la marque *Odéon* et cartes postales du début du siècle, en abondance. Les étals débordent sur les allées du jardin public, où j'avais l'habitude de venir me promener, les après-midi d'enfance, avec ma grand-mère, et où, longtemps plus tard, j'ai interviewé un émailleur allemand. Son nom ? Je l'ai oublié. Je revois un visage, très vaguement, et il me reste un prénom : *Hugo*.

Est-ce Hugo qui me ramène en pensée aux vieux livres, à une collection de poche, à des ouvrages sans pareil où, quelque part au dos, il est écrit : *Imprimerie Nelson, Édimbourg, Écosse* ? Je prends par les ruelles, les jouets en bois, les trains électriques. Un essai sur les salons littéraires de Louis XIII à la Révolution a attiré mon attention, *Éditions Brentano's, New York 1943*. Je m'arrête et compte les pièces au fond de ma poche, jusqu'à ce qu'il soit à moi.

Plus loin, ce sont de vieux outils, qui n'ont plus de nom qu'entre initiés, et les initiés murmurent vous vous souvenez, on faisait comme ci, on faisait comme ça, et la cuisson des châtaignes, avec ça, vous pouvez y aller, ce n'est pas maintenant. Cent francs, et vous avez de la chance, on n'en trouve plus.

Vous avez de la chance, et vous continuez votre marche distraite alors que les cloches sonnent. Elles vous rappellent le mariage d'un ami, un jour d'août très lourd, la séance de photos dans les jardins. Vous avancez, sans vous apercevoir que les ruelles vous reconduisent à la place noire de monde. La nostalgie aime rouvrir ici ses blessures, elle creuse des sillons dans la mémoire, allée après allée, sous les arbres, et vous changez d'allée, vous vous dirigez vers les produits régionaux. À nouveau, des publicités en émail, le nègre de Banania, le chocolat Meunier, la cigogne de je ne sais quelle marque. Vous marchez. Et voici que votre cœur cesse de battre, oh il repart, mais il a marqué le pas ; quelque chose l'a choqué. Là, sous les arbres, il y a une rangée de bancs vides, et parmi eux, le deuxième a sa peinture écaillée, vert sombre. Sur ce banc, de l'autre côté du temps, deux personnes sont assises qui s'aiment, échangent des mots rares. L'une d'elles, c'est vous.

Après-midi chaud d'il y a quatorze ans, que vous croyiez oublié, enfermé à double tour dans les limbes. Journée couverte, autre dimanche, est-ce une fin juin ou un début juillet ? La place est déserte, les arbres sont poussiéreux. Vous avez dix-huit ans, elle aussi. Combien de temps reste-t-il ? Vous n'avez qu'une idée :

retenir les minutes, chaque minute avant que son train ne parte. Avant qu'elle n'aille, valise à la main, vers ce train gris et jaune d'œuf, ce train lourd et sale. Vous attendez le moment où elle se lèvera, après n'avoir rien dit. Retenir les minutes a figé vos lèvres. Et elle ne dit rien. Place vide, ciel couvert.

Où sont-ils tous partis ? Êtes-vous resté seul, est-ce fait, est-elle déjà en chemin vers la gare ? Les marchands de nostalgie vont repartir ou sont déjà repartis. Ils ne laissent que les arbres, cette rangée de bancs, et parmi ces bancs, celui où vous êtes assis. Emporter ce banc ! L'entreposer quelque part, ne plus le quitter des yeux, passer votre vie à le garder intact… Le train jaune et gris s'éloigne vers de vieilles collines, depuis quatorze ans. L'envie vous vient de hurler à l'aide. Pourquoi avait-elle pris le train, ce jour-là ? Les années ont passé. Vous l'avez appris depuis, elle a traversé les mers. Vous aimeriez savoir s'il est vrai qu'à des centaines de kilomètres de distance, une baleine peut capter le chant de sa sœur. Savoir si aujourd'hui, alors que vous écrivez sur ce banc, une jeune femme tressaille à l'autre bout de l'océan. Tressaillir ! Et courir à votre rescousse, au sommet du gouffre où elle vous a laissé, lancer une échelle de corde pour vous hisser hors de ce dimanche ancien ! Que les rôles s'inversent, une fois seulement… Qu'Eurydice fasse remonter Orphée, une fois… Que reviennent les Eurydices qui, un jour, se sont levées d'un banc pour prendre un train. Car au fond du gouffre, l'eau commence à monter, et il faudra faire très vite. Une échelle de corde ! L'eau monte et les marchands de nostalgie plient bagage, le passé va fermer boutique.

février 1996

Le dernier

Voilà des mois qu'il n'avait plus vu les autres. Les autres ! Ils étaient si nombreux dans sa jeunesse, et maintenant... Pourchassés, abattus... Comme il ne les croisait nulle part, sa mémoire en avait fait des êtres fabuleux. Peut-être était-il le tout dernier de cette lignée ; chaque jour qui passait transformait un peu plus ses présomptions en conviction. Parfois, des traces dans la forêt lui avaient redonné espoir mais il devait s'agir des siennes, qu'il avait laissées là, la veille, en un endroit qu'il ne reconnaissait pas. Tout se ressemblait dans la forêt, et sa vue avait bien baissé, parce qu'il se nourrissait mal, et le froid s'accentuait : on allait doucement vers janvier. Sa conscience portait le fardeau de centaines de générations et parfois, il lui semblait que tous les autres, par milliers, l'observaient depuis les buissons ou du haut des collines, en lui disant : « Fais quelque chose, il est peut-être encore temps. Fais quelque chose en notre nom, pour qu'on ne nous oublie pas, pour que tout ça ait servi un tant soit peu, trouve une idée, toi seul, encore... »

Mais quoi ? Depuis des jours, il se débattait avec cette question. C'était un pugilat sans fin. Inquiet, pénétré de la certitude d'être suivi, il se retournait sans cesse. Les yeux qu'il sentait braqués sur lui n'étaient que le fruit de son imagination, un fruit-poison, probablement mortel.

Il neigeait. En parvenant au sol, les flocons tissaient le linceul qui allait le recouvrir, tôt ou tard. Il n'avait plus de forces. Il n'avait pas le courage d'atteindre l'autre saison. Il lui aurait pourtant fallu un sursis, on ne pouvait pas réfléchir par un froid, par une faim pareils. Au printemps, peut-être... Oui, il fallait laisser une phrase bien sentie sur le livre d'or des lieux, quelque chose de fort pour tirer une révérence et être regretté. Au nom de tous les autres. Et pendant ce temps-là, l'hiver exultait, l'hiver plastronnait.

Possédé parfois par un regain d'énergie, il donnait libre cours à ses instincts, courait, frôlait le danger ou lui faisait face, selon les jours. Mais toujours, au fond de lui, une petite voix sans cesse lui parlait. Dans ces moments-là, il aurait préféré être inconscient ou fou, ne rien entendre et ne rien comprendre.

Vite, pourtant, il retombait dans un état d'accablement. Chaque fois plus aiguë, la sensation d'être suivi par des milliers d'yeux revenait à la charge. Il les voyait même dans son sommeil. Des milliers, qui en cachaient des milliers d'autres, qui eux-mêmes... Alors il implorait l'insomnie. Les yeux semblaient lui dire : Fais quelque chose. Alors il était tenté de répondre : *Vous n'avez rien fait quand vous l'auriez pu. Vous auriez pu changer le monde. Vous auriez pu vous changer ; ainsi, peut-être aurions-nous survécu.*

Avec les jours, la nourriture se fit encore plus rare. Tout devint plus difficile, plus long à accomplir. Il entendit des coups de feu ; peut-être le recherchait-on, et ses jours, ses heures étaient comptés. À ces milliers d'yeux qui le fixaient, il n'avait plus rien à objecter. Le poids d'être le dernier l'épuisait. De temps à autre, il se retournait. Il considérait ses traces dans la neige. Si le printemps était précoce, tout aurait fondu dans deux mois. Si l'hiver perdurait, les empreintes obtiendraient un vague sursis mais dans trois mois, tout aurait disparu.

Ainsi ressassant cheminait-il à travers les forêts, et les forêts, elles, serpentaient entre des villes où l'on fêtait Noël. Les routes éclairées tendaient des guirlandes d'un village heureux à l'autre. Il n'osait les traverser, de peur d'être repéré.

Au fond des bois, quatre pattes fatiguées charriaient un corps à demi gelé, qui, chaque jour, abandonnait une partie de lui au froid ; le dernier loup de ce pays n'en avait plus pour longtemps mais il avançait, poursuivi par les yeux qui semblaient dire, à mesure que ses pattes faiblissaient : *Trouve pour nous, trouve quelque chose à écrire sur le livre d'or, on ne peut pas partir comme ça !*

novembre 1990

Hivernage

Du jardin aux moindres recoins du manoir, tout observait une grève de la vie. La soirée était maintenant avancée ; je m'étais résolu à ce que cette journée se terminât avant même d'avoir commencé. Les voitures, sur la départementale, étaient restées discrètes ; aucune ne s'était engagée sur le chemin. Et en fin d'après-midi, la pluie avait tourné à la neige, une neige lourde qui avait du mal à prendre.

Je n'avais pas vu la journée s'écouler. Une de plus ! Un rapide calcul m'avait édifié : c'était la 12 843e de mon existence… Bientôt, très bientôt, elle tomberait aux oubliettes. Voici quatre jours que je vivais retiré au manoir d'Hivernage, comme j'aimais le faire, périodiquement, à la mauvaise saison. Je trouvais toujours quelque réconfort ici, loin de la capitale, sur les marches du massif hercynien.

Je n'avais pas non plus vu passer les trois premiers jours, occupé que j'avais été à remettre en marche ce petit monde, à en retrouver l'usage. Ce matin, alors que j'en avais terminé et que le feu commençait à prendre, j'avais tressailli. Où étais-je ? Chaque fois, c'était ainsi : passé un certain laps de temps, je ne m'appartenais plus totalement. Ce paysage m'avait de nouveau intégré à lui.

Tout au long de la journée, le téléphone était resté silencieux. Le *délai* était maintenant écoulé. Si je viens, avait dit Anouck, ce sera avant jeudi soir. Avant ce soir, donc. Avait-elle du retard ? La route était-elle difficile en Sologne ? Où était-elle en ce moment ? Et quel prétexte l'avait retenue ailleurs ? Mari méfiant, revenu prématurément de l'étranger ? Concert inopiné, répétition indispensable ? Aucune de ces hypothèses ne me satisfaisait. Je repensai à l'avertissement de mon ami D., lui aussi écrivain : « Personne, au fond de lui-même, ne supporte que son voisin réalise l'œuvre de sa vie, son maître rêve. Ce "délit" t'isolera. Tu verras un fossé se creuser peu à peu autour de toi. » L'acharnement qu'avait mis Anouck à ne pas lire mes écrits m'avait tout d'abord amusé, puis intrigué ; n'avais-je pas pris la plume, avant tout, pour être lu d'elle ? Ce soir, repensant aux paroles de mon ami D., il me semblait avoir découvert une clé permettant d'expliquer beaucoup de silences. Téléphone muet, boîte à lettres vide ; quant au télécopieur, voilà longtemps qu'il n'avait pas bronché. Le monde déployait un cordon sanitaire autour de ceux qui avaient eu la force de vouloir. Tous ces arbres – hêtres ennovembrés, taillis mis à nu – et le ruisseau babillant, et la route verglacée, étaient mis à l'index. Quelque part au-dessus de ce paysage flottait sans doute le pavillon de la quarantaine : deux carrés jaunes en diagonale et deux autres, noirs, dans la diagonale inverse.

J'allai ranimer le feu puis me rencognai dans le fauteuil. Il m'aurait été difficile de dire quel âge j'avais ce soir. Tout à l'heure, j'avais déterminé le nombre de mes jours ; il me semblait maintenant être loin, très loin du compte. Au dehors, la tempête avait repris ; les fenêtres, l'âtre et la cheminée sifflaient. Loin, dans les ports du littoral, les navires devaient rester à quai ; j'imaginai des bars enfumés, des vitres embuées et les joues rouges des matelots, des tablées sonores et des rues désertes. On ne partait plus des ports ; on n'y arrivait que par l'intérieur des terres. Je pensai aux gardiens de phare sous la nuit océanique, aux villes coupées du monde, aux monastères perdus ; à tous les hommes qui, de leur propre chef ou non, faisaient l'expérience du retrait, de l'escale au for intérieur. Des lignes invisibles à l'œil nu reliaient ces points, et une part de moi vivait l'extinction des feux au mont Athos, un crépuscule en mer ou la nostalgie d'un garde-barrière. Sur la corniche des solitudes, Hivernage devenait un havre pour âmes en peine.

J'éteignis la lampe. Il ne resta autour de moi que les flammes de la cheminée. En un instant, les flaques de clarté, sur la table, sur la poignée de la porte et le rebord de la fenêtre, disparurent. Je ranimai le feu. Un souffle contraire refoula la fumée dans la pièce. Des cendres se posèrent çà et là. Une bûche s'effondra dans l'âtre et, subitement ravivées, les flammes drapèrent les murs de pourpre. Puis le silence revint. Un mathématicien tant soit peu doué aurait pu, ici, extraire la racine carrée de l'ennui.

Subitement, deux phares surgirent au loin, qui vinrent taper contre les vitres. Mon cœur se mit à battre très fort. Si ces phares s'engageaient dans le val, remontaient l'allée, la nuit me restituerait Anouck. Un long moment s'écoula avant que le véhicule n'atteignît le carrefour ; je pariai sur la direction de Saint-Amand et vite, la réalité me donna raison. La lueur des phares s'amenuisa, disparut. Mais ces quelques secondes d'inquiétude heureuse avaient suffi pour que me reviennent en mémoire des images d'un été lointain, il y a quatre ou cinq mois, d'un vendredi soir où cette fois, les phares avaient remonté l'allée. Cela avait été un éblouissement, Anouck n'ayant pas averti de sa venue. Au plafond, aux cloisons et sur un flanc du manoir, les ombres réveillées par les phares avaient eu quelque chose de terrifiant. J'avais remonté l'allée en hâte, et les phares avaient fondu sur moi. Anouck m'avait adressé des signaux en morse, puis l'obscurité s'était faite. Nous étions restés de longues secondes sans bouger, elle à l'intérieur, moi devant l'auto, chacun cherchant à s'habituer aux ténèbres, à lire sur le visage de l'autre la marque de la surprise et d'une joie complice.

Comment entretenir, ce soir, le feu des souvenirs alors que les semaines ont passé, qu'Anouck s'est éloignée ? À vingt-trois heures, dans la pénombre, j'interceptai, d'une oreille distraite, un bulletin d'information à la radio. J'avais seulement besoin d'entendre que le *statu quo* se perpétuait un peu partout, que la neige tombait sans désemparer (on en avait signalé jusqu'à Saint-Raphaël) et que la capitale restait aux prises avec les grèves. De temps à autre, des crachotements étouffaient la voix du speaker. « ...signes de tension... », « ...dégrada... par l'ouest... », « dans la pl... du Pô, les inond... ». Bientôt, la voix fit place à de la musique légère et, en l'écoutant, je considérai le cadran du vieux poste radio. Je l'éteignis, le rallumai aussitôt ; sa clarté ivoirine me captivait. Des villes lointaines, dont l'évocation avait ce soir un je-ne-sais-quoi de magique, se succédaient : *Veltem, Sottens, Hilversum.* Un peu plus loin, plus magiques encore : *Monte-Ceneri, Droitwich, Rabat 1.* Je tournai lentement le bouton et la barre verticale se déplaça vers la droite. Des voix hachées, des langues inconnues remplacèrent les grésillements ; quelques notes se détachèrent. Des parasites brouillaient l'écoute des confins, mais je reconnus sans difficulté ces quelques phrases musicales. Erik Satie : la plus ténébreuse des *Gnossiennes*. Comment ne pas repenser, ce soir, à ce concert à la salle Pleyel, au printemps dernier, à mon regard posé sur Anouck et son Steinway…

Il était vingt-trois heures huit. Anouck ne viendrait pas. Quelque chose d'incontrôlable – une énergie compulsive, sauvage – se déversait en moi. Cette journée avait été une pause, un trou normand au mitan de ma vie. De gré ou de force, un silence capital avait commencé à s'imposer.

J'éteignis la radio. Au diable Monte-Ceneri, Veltem et Satie. Au diable les pianos, les danses et les bayadères. Ce qui s'imposait à moi désormais avait le timbre d'une voix singulière, sûre d'elle, qui refoulait le tumulte des jours, des semaines et des mois derniers. Bien sûr, nous aurions dû nous retrouver ici. Mais au fond de moi, à mesure que les minutes passaient, je réalisais que je n'attendais plus personne. Cette journée que rien n'avait caractérisée, cette journée que je n'aurais pas dû remarquer semblait, tandis que la nuit avançait vers le moment fatidique du changement de jour, imposer sa note particulière, sa *marque de fabrique* alors même qu'elle avait paru si ennuyeuse.

Un faisceau de phares surgit à nouveau dans le lointain. Il buta contre un talus, retrouva toute son expansion, disparut plus loin avant de rejaillir. Puis tout redevint ténèbres. Durant de longues secondes, j'entendis un moteur faiblir en direction de Saint-Amand. L'auto allait traverser le bourg endormi et tout bruit s'estomperait. Qui pouvait bien la conduire ? Quelle urgence poussait son chauffeur à sortir par un soir pareil ? Un médecin rentrait-il de sa tournée ? Un homme allait-il rejoindre sa maîtresse ? Une mère allait-elle consoler son fils ? Ou s'agissait-il d'un voyageur de commerce, seul, à l'écoute de radios lointaines et à la recherche de la grand-route ?

Pour moi, c'en était fini de l'illusion : Anouck ne viendrait pas. Les dernières minutes de cette étrange journée s'écouleraient sans événement. Ce que je ressentais, à cet instant précis, était comparable à l'effet de trois ou quatre scotches. Une joie sauvage s'était emparée de moi. Rien ne pouvait caractériser cette journée, vouée à finir dans les remblais de la mémoire. Rien ne la sauverait ; mais de minute en minute, ma joie me rappelait que le monde n'avait fait, aujourd'hui, que m'effleurer. Les fragrances du soir, l'ennui dispensé par le sentiment d'abandon se cristallisaient dans les minutes précédant minuit. J'en étais sûr, cette journée resterait longtemps présente à mon esprit. Je comprenais à certains signes qu'elle allait s'installer à demeure et resplendir d'un éclat rare. Une fougue enfantine et brouillonne s'emparait de moi ; à des années de distance, une cloche sonnait de nouveau à mes oreilles pour annoncer les grandes vacances. Je m'étais affranchi du monde. J'avais atteint un des vestibules du néant et cette journée, il n'y avait plus de doute, resterait la plus forte de ma vie. Au loin, des coups mats retentirent dans une brume de neige. J'ouvris la fenêtre pour mieux les écouter, pour les compter jusqu'au douzième. Les cloches de Saint-Amand ! Le froid s'engouffra dans la pièce et, je ne sais pourquoi, il me rappela que dans des mondes lointains, au même moment, des armes crépitaient. Des bombardiers bourdonnaient. Alors, très doucement, avec la voix de celui qui a un secret à transmettre, je me répétai, comme une psalmodie : *Tu reviendras à Hivernage… Tu reviendras toujours à Hivernage.*

Vercors, décembre 1995

Je suis le gardien du phare

À Thierry

Première partie

I

Je suis le gardien du phare, le gardien de la tour d'ivoire au-delà du tourbillon des âmes, depuis des années. C'est un ouvrage remarquable qui surgit de la mer, il faut le voir les jours de grain, placide comme moi quand je monte sur le balcon supérieur, auprès de la lanterne. Le phare a ceci de particulier qu'il a été bâti en haute mer, loin des côtes qu'on peut, dit-on, apercevoir les jours de temps très clair ; de mémoire d'homme, un tel jour ne s'est jamais levé dans ces parages.

Il a cela de singulier qu'il n'a aucun récif à signaler. Ici, la mer est profonde, rien ne menace les navires éventuels. On l'a d'ailleurs construit à l'écart des voies maritimes pour ne pas gêner la circulation des bâtiments, ne pas leur laisser penser qu'il y a péril en la mer. Il n'a d'autre objet que de se signaler lui-même, mais je l'ai dit, c'est un phare remarquable, sa construction a coûté fort cher à cause des coffrages en eaux profondes.

Je suis le gardien du phare, le gardien de la tour d'ivoire depuis des années. C'est un travail bien rémunéré, qui laisse l'esprit tranquille et ne donne guère d'inquiétudes, et l'on n'est guère tenté par la dépense. Les gens de la profession font de vieux os riches en phosphore et en iode excellents pour les leçons d'anatomie, car ils n'ont pas peur, comme les hommes du continent, de voir leur place prise dès qu'ils tournent le dos s'éloignent quelques jours de leur bureau. (J'allais dire de leur *berceau.* La langue, tout de même, quelle bête fourchue !) D'ici, on ne part pas, cela fait longtemps que le métier me le prouve ; quant à la mer, on ne lui tourne jamais le dos sans l'avoir aussi face à soi ; elle n'a qu'à bien se tenir.

Ma tâche est de réveiller le continent en cas de coup dur. J'assure la vigie, je considère un paysage dont je connais par cœur les moindres nuances, avec l'habitude. Du phare, je n'aperçois aucune côte, pas le moindre récif et pour tout dire, je n'ai pas vu le moindre navire depuis mon arrivée. Il se peut que quelques-uns soient passés au large, notez bien, quand je dormais. Depuis le temps, j'ai pour ainsi dire oublié de quoi ils ont l'air. Sont-ils longs, mous, verts ou bleus, je ne le sais plus. Cette incurie complique sensiblement mon travail, car lorsque l'un d'eux se présentera, je ne pourrai l'identifier avec certitude.

Ainsi, plutôt que voir, il me faut pressentir, et j'ai à ce poste un je-ne-sais-quoi de commun avec les mages. Si quelque chose d'anormal survient, je dois prévenir sur-le-champ, selon la procédure en vigueur. Le plus souvent, j'astique la lentille, j'entretiens le canon juché au sommet pour défendre ce point stratégique. Dieu soit loué, je n'ai pas eu à m'en servir sur une cible véritable. Je me borne à des simulations, à ce qu'à grande échelle on appelle des manœuvres. Ici, cela se résume à tirer des coups de semonce dans l'eau, en des points dont on m'envoie par courrier les coordonnées. Ils sont déterminés par l'état-major pour tester la capacité du phare à répondre à divers cas de figure, à parer à la surprise sans céder à la panique.

Je suis le gardien du phare, et le sentiment de surprise m'est inconnu, ils ont bien raison de chercher à m'éprouver, de m'interdire de m'endormir sur mes lauriers comme je faillis le faire l'an dernier, en recevant leur lettre… Dans le courrier largué par l'hélicoptère à son passage mensuel, une missive, avec en-tête du ministère de la Marine, avait attiré mon attention. Je l'avais ouverte fébrilement, lue avec fierté. Des félicitations pour la qualité de mon travail ! Je n'en croyais pas mes yeux. Les jours suivants, je baignai dans un état de rêverie, éperdu d'orgueil, m'abandonnant à des espoirs d'ascension sociale, anticipant une amélioration de mes conditions de vie. Le fait est que le mois suivant, je reçus une autre lettre, m'apprenant que j'étais nommé gardien-chef ! Concrètement, ma vie quotidienne n'en fut pas affectée ; mais mon salaire fut sensiblement redressé, je ne sais plus exactement, mettons dix pour cent, d'un coup, cela ne m'était jamais arrivé.

La déconvenue arriva le mois suivant par une troisième lettre du ministère. J'aurais dû m'y attendre, bien sûr, ne pas me bercer d'illusions, deviner qu'il s'agissait d'une erreur, administrative de surcroît, la faute d'un homonyme importun, et que dans mon cas rien n'avait changé. On me demandait de retourner par courrier l'insigne que j'avais cousu sur mon veston, et de rembourser, dès que ce serait possible, sans trop occasionner de gêne, la somme équivalant à mon augmentation.

Être le gardien du phare, et se dire : un jour, je serai utile. Mais on prend vite de la bouteille ici. À bien observer le ciel, puis la mer, je me dis que rien n'a changé depuis mon arrivée, pourtant il ne s'agit ni du même air, ni des mêmes eaux. La mer a tissé de nouvelles collerettes d'écume. Les vents ont chassé le brouillard de mon premier jour au phare, les courants pris la relève d'autres courants, et j'ai lu dans une revue scientifique que nos cellules vieillissent, meurent et disparaissent. Je suis donc devenu un étranger à moi-même, embusqué sous le nom, le bulletin de salaire de celui qui, voici longtemps, fut déposé ici par un hélicoptère. Par chance, personne ne s'est aperçu de l'imposture. Ceux qui me connaissent diraient que je suis resté le même.

Ainsi, rien ne serait de permanence dans ce paysage s'il n'y avait le phare, lui au moins n'a pas changé même si ses parois se sont enlaidies de traînées verdâtres, de filaments de rouille. Je suis le gardien du phare, là pour attester son existence, car dans les ministères du continent, on n'en fait pas grand cas. Et je soupire, à ce stade du récit : à intervalles réguliers refont surface des projets de suppression de mon poste, le phare coûte trop cher pour ce qu'il ne rapporte pas. On me fait savoir que je dois plier bagage, attendre le dernier hélicoptère, puis le projet est enterré (Je n'utilise plus guère ce mot, aussi dois-je vérifier son orthographe dans le dictionnaire, oui c'est cela, deux « r »), et le temps recommence à couler jusqu'à ce que de nouvelles coupes, plus ou moins sombres selon l'humeur du ministre, affectent le budget de la marine.

Chez moi, je veux dire dans mon habitacle, douze mètres carrés en comptant le rebord de la fenêtre, tout est impeccablement rangé. Le ménage est fait régulièrement (le samedi, car le dimanche, basta), comme si je m'attendais à une visite, et d'ailleurs cela pourrait arriver d'un moment à l'autre ; dans les premiers temps, on m'avait averti qu'un inspecteur risquait à tout moment de venir contrôler mon travail.

La voici, probablement, la grande opportunité. Lorsqu'il descendra du ciel, agrippé à l'échelle de corde de l'hélicoptère, je serai au sommet pour le recevoir avec les honneurs dus à son rang, pour faire la démonstration, sous ses yeux admiratifs, de la bonne marche du phare, et il m'expliquera sans détour, dès qu'il aura constaté par lui-même mon degré de conscience professionnelle, ce qu'on pense du phare dans les bureaux de la ville, quelles sont les perspectives d'avancement, les bruits de couloir du ministère, il me dira, lui, quand je pourrai aspirer à un grade. Ce sera une visite capitale. Ce jour-là plus que tout autre, je devrai être en pleine forme. D'ici là, qu'il bruine ou pleuvine, je travaille, bon pied bon œil, de permanence face à l'hypothétique.

II

Voici longtemps, quelque chose est parvenu à chasser ma torpeur. Il ne s'était jusque-là jamais passé quoi que ce fût dans ma vie qui relevât du magique, de cette mystérieuse et grave élévation qui éveille le surhomme, brièvement. C'était un soir. J'avais le sentiment d'avoir accompli mon devoir, une fois de plus, d'avoir frôlé la perfection de mon rôle. Pensez : je rejoue la même pièce chaque jour depuis des années. Alors. Oh je n'avais aucune prétention, mais j'aspirais à me faire bien voir de mes supérieurs.

Je vais employer le passé alors que là-bas, sur le continent, on attend de moi des rapports au présent, le présent fleure bon la routine et la routine, pour les lecteurs de mes rapports, c'est le bonheur fou, la poésie à l'état pur. Mais qu'importe, ces rapports ne seront pas lus de sitôt, ils attendent que je les empile les uns sur les autres, méthodiquement, au fond du phare.

Conformément au règlement, ce soir-là, une demi-heure avant le plongeon du soleil dans l'eau glacée (le même principe permet de refroidir les barres d'acier en fusion), j'étais monté au sommet du phare pour allumer la lanterne. Une nuit sans lune allait commencer, et comme la mer était d'encre, il importait que le phare soit fidèle, plus que jamais.

Dès que ma lampe se mit à clignoter, une lumière répondit à l'horizon, elle clignotait avec une fraction de seconde de décalage, ce qui excluait l'hypothèse du miroir. Oui, une lumière attestait que je n'étais pas seul, ou telles étaient les apparences ; mais je ne jugeais pas cette mer assez fourbe pour imiter le désert et produire des mirages. Une lumière ! Je livre le fait, brut de commentaires, ajoutant seulement que cette nuit-là, je ne pus fermer l'œil, captivé par l'énigme.

On ne sait jamais à quel point une lumière peut pénétrer loin en soi. Quand, à l'aube, je m'assoupis, il dut se produire quelque chose en moi pour qu'au réveil, insensiblement, je ne sois plus exactement le même. Quand un soleil froid se posa sur mon épaule, vers les sept heures, la lumière sœur avait disparu. Un nouveau jour commençait, et je devais prendre mon poste sans attendre. Je n'avais pas la tête à cela : je ne pensais qu'à la lueur. Pourquoi avait-on souhaité bâtir un nouveau phare exactement sur la ligne d'horizon, sinon pour s'assurer que je faisais correctement mon travail ? J'avais toujours eu des notes remarquables. Que pouvait-on me vouloir ? Les ermites ne trouvent jamais le calme. On les entoure, ils portent en eux les autres, ne peuvent pas s'en délester.

Au cours de cette journée, l'idée s'imposa qu'un de mes semblables m'observait, pour la première fois depuis des années. Comment chasser l'impression qu'à quelques dizaines de nœuds de moi, dans cette direction, une gardienne de phare me regardait ? J'avais appris récemment, par le bulletin professionnel, que notre corps de métier s'était ouvert aux femmes, alors.

Penser que cette partie de l'océan abritait peut-être une femelle en manque (à coup sûr, elle se pomponnait dès l'aube, et vas-y) me bouleversait, me terrifiait, me ravissait jusqu'à m'ensorceler et je me dis : tu t'es retiré dans un phare par peur des femmes et aujourd'hui, incognito, à l'heure des rendez-vous galants, l'une d'elles te fait des clins de phare en haute mer.

Refusant les femmes, je m'étais réfugié ici, à la verticale. Depuis, une certaine quiétude s'était emparée de moi. De la bonhomie. Il m'arrive, bien sûr, d'apercevoir dans les nuages des courbes dangereusement féminines, des hanches de bayadères, des seins d'hétaïres. Mais il suffit d'un coup de vent pour détruire ces mondes de stupre, pour en dissiper la ferveur.

...Vers le milieu de la matinée, je remarquai que mes gestes avaient changé. Ils étaient plus directs, plus précis, plus virils en somme, puisque c'est de ça qu'il s'agit. Je devais donner le sentiment d'un homme de décision, bien qu'un peu emprunté. L'hypothétique gardienne avait probablement braqué sur moi un instrument d'optique, la garce. Selon le cœfficient de grossissement, elle me voyait fourmi à ma brindille agrippée, ou détaillait mes traits et mon maintien, et là, attention.

Bien que l'on fût en semaine et que le vent soufflât fort, j'avais mis mon costume et m'étais soigneusement peigné. On aurait dit que j'attendais l'inspecteur. Avec le jour, je ne pouvais rien apercevoir ; le phare d'en face devait rissoler dans la brume de chaleur. Son occupante attendait sa dissipation, puis le soir, pour se remettre à clignoter, benoîtement. Oui, benoîtement est bien le mot. Mais rira bien qui rira le dernier ! Durant cette journée d'attente, j'avais considéré d'un sourire sarcastique les longs courriers qui me survolaient. À onze mille mètres, à la droite verticale du phare, des passagers louchaient sur des corsages d'hôtesses de l'air, sur leurs clavicules de rêve. On échangeait des clins d'œil torves, des plaisanteries gauloises fusaient. Jusque-là, tout cela m'avait blessé. Mais aujourd'hui, je triomphais. Les colombes aguicheuses pouvaient bien minauder à 37 000 pieds au-dessus de moi, écoutant le pilote faire le coq et le copilote le cocoq, c'était fini, les hôtesses aux jambes de fée ne me blessaient plus.

...Pendant la journée, je lui ai fait un signe. Comme ça, dans l'espoir qu'elle m'aperçoive. Dans la direction de la lueur disparue. Puis un autre. Des signes amicaux s'entend, pour manifester mon attachement, alors que nous nous connaissions si peu encore. J'ai vaqué à mon absence d'occupations en gardant un air digne et amène, au cas où. Amène, c'est cela. Je doute des mots tant j'en ai oublié. Mais de temps à autre, j'en rote un ou deux que je croyais enfuis de ma mémoire. C'est bien cela pourtant, amène, et non plus benoît. On change en une journée, c'est fou parfois.

Maintenant, la nuit vient de tomber. À la même heure, la lueur réapparaît, clignote. Ainsi, je ne vieillirai pas seul. Elle est là. Luit. Nous inventerons le télégraphe, consœur, la bouteille à la mer, le magnum à la mer si nous avons beaucoup à nous dire. Nous échangerons nos adresses. J'accrois la puissance de la lanterne. Lui en mettre plein les yeux. C'est ainsi qu'elles comprennent. Mais ne pas l'éblouir, sinon elle ne me verra plus. Je suis solennel, digne, voilà, j'ai trouvé le bon port. De nos jours, les gens négligent d'être dignes. C'est ainsi que je montre ma différence. Le gardien de phare que je suis a longtemps désiré ressembler à Trevor Howard à l'avant du Bounty. Captain Bligh ! Captain Bligh ! Maintenant, voilà qui est fait…

Puis les jours ont passé. Les nuits, surtout. Au début, je ne pouvais plus dormir ; j'ai retrouvé peu à peu le sommeil. Avec le temps, comme toute velléité de communication tournait à l'échec, j'en suis venu à penser ceci : il n'y a pas la moindre femme là-bas, il n'y a qu'un horrible gardien puant la vinasse, comme moi. Mais quoi ! S'il y avait un gardien, il ne pourrait s'empêcher de penser que mon phare est habité par une gardienne, et alors, le gros malin, il tenterait lui aussi de communiquer, augmenterait la puissance de sa lanterne, en veux-tu en voilà, il ferait la roue dans son costume du dimanche, toute la semaine, la raie de côté, parfaite. Au lieu de cela, rien. Et le bulletin des gardiens de phare ne signale aucune nomination dans les parages. Alors, avec le temps, j'en suis venu à penser ceci : il n'y pas de phare, ce n'est qu'une balise flottante. Eh eh, une balise. Pourquoi donc ? Si je demandais des explications au continent ? Je les entends déjà, avec leur ironie. Ils répondraient ainsi qu'ils l'ont fait pour le phare : *Elle a cela de singulier qu'elle n'a aucun récif à signaler, car en ce point-ci la mer est profonde, rien ne menace les navires.*

D'ailleurs, les navires, mais bon. Ils souriraient, toutes lèvres bandées par l'ironie. Pourtant, il doit bien y avoir une raison. Ce phare ? Cette balise... Et si on l'avait bâti pour moi, le phare, voici deux siècles ? Un architecte prévoyant... Non pas pour ma seule personne, je ne veux avoir cette prétention. Mais pour le type d'individu que j'ai la lourde charge d'incarner. J'y vois clair, maintenant : six milliards d'hommes et la mer plantée de phares équidistants, que rien ne rapproche ni n'éloigne, avec de grands fonds entre eux gorgés d'eau salée, des phares inaccessibles. Les lueurs qu'ils échangent sont les maigres compensations à leurs solitudes. Six milliards d'hommes mimant le gardien du phare qui, à force d'essorer son passé, a fait goutter toutes les joies, toute la force de vouloir. La voilà, la raison. Mais il est l'heure. L'heure de quoi. De prendre mon tour de garde face au néant. Étant seul, il dure vingt-quatre heures. Pour garder quoi. Pour mastiquer le même ennui que celui de la terre ferme, jusqu'à ce qu'il perde toute saveur ; c'est fait depuis longtemps, je voulais tromper l'ennui mais il n'existe plus. Je ne peux pas même tromper le temps. Les jours passent comme ailleurs, et lorsque quarante ans sonnent, c'est déjà le commencement de l'après-midi, on ne sait à quelle heure le soleil se couchera, tout le monde n'a pas droit à celui de minuit.

III

Il y a mille et une raisons de quitter la terre ferme pour un phare. J'ai invoqué les femmes, certes les femmes, mais personne n'est dupe. J'ai bien une autre raison, qui va surprendre. Le mot que je vais emprunter peut prêter à sourire au milieu de l'océan. Pourtant je ne veux pas cacher qu'il y a peut-être, à l'origine de tout ça, lâchons le mot comme un vieux pet, une explication d'ordre politique. J'insiste, j'ai organisé seul ma déportation en ces lieux, je ne suis pas un banni, je ne ferai pas le coup du poète maudit que son époque refuse de galonner. Politique, même si l'épithète paraît ringarde. Bah, qu'est la mode ici, à vingt mètres cinquante-trois (altimètre en main) au-dessus des eaux, qu'est la mode lorsque j'observe mon costume, porté par l'unique cintre du phare, en prévision de la visite de l'inspecteur ou du cocktail d'après le Grand Soir ? Démodé, mais je maintiens tout de même le mot : politique.

Sur la fin de ma jeunesse, comme tout un chacun, j'ai appartenu à l'un de ces mouvements qui voulurent changer le monde, mais que le monde changea avant qu'ils n'en aient le temps. Vite, les relations avec mes camarades de lutte tournèrent à la lutte et rien ne put y faire. Que de purges au château de Macbeth ! Que ce temps est loin… Je reviens souvent en pensée à ce jour où je me fis exclure, chasser, pour aller bâtir seul sur un phare ce qui, à plusieurs, m'apparaissait impossible. J'étais homme à aller au bout d'une idée et j'y suis parvenu, ou plutôt, je me suis laissé enfermer à l'intérieur.

Homme à aller au fond des choses, et me voici qui les

surplombe. Ce qui m'a semblé impensable là-bas, je l'ébauche ici, sans le clamer sur les toits. Peut-être vous semblera-t-il prétentieux de m'entendre dire que j'ai proclamé le socialisme dans un seul phare, je m'applique à le réaliser, manuel en main, autant que faire se peut, à chaque jour suffit sa peine. L'unique obstacle tient à ma solitude, il est difficile de collectiviser la solitude, surtout la sienne, celle des autres passe encore. Difficile de répartir les richesses équitablement lorsqu'on est seul, on a très vite le sentiment d'accaparer, de thésauriser. Il me déplaît de monopoliser la richesse des lieux, et selon mes maîtres à penser, ce n'est pas bien. Je suis un koulak.

L'égalité, direz-vous. Voilà ma bouée de sauvetage ! Mais à bien y regarder, tout n'est pas si simple. De qui suis-je l'égal, ici ? À qui suis-je égal ? Égal à moi-même, cela ne fait aucun doute, à celui que j'étais hier ; mais tellement inférieur à celui que j'aurais aimé devenir… La fraternité, n'en parlons pas. Non seulement je suis seul, ce n'est plus un secret pour personne, mais dans la famille, nous sommes fils uniques de père en fils, depuis des générations. Tout cela, somme toute, agresse mes principes. Qu'importe, me dis-je ; je ne dois pas être dogmatique. Le phare m'a ouvert l'esprit. Transigeons sur les principes, le temps de voir tomber le Grand Soir ; je ne peux tout de même pas me taxer d'individualisme, moi qui, chaque jour, rêve de foules en mouvement. Ne peux non plus accuser une partie de moi-même aux dépens de l'autre, bien que je sois gaucher, et que la droite, la salope, elle exploite, et comment ! Mais transigeons, que diable. Car lorsque, sur le continent, le vent de la révolte se lèvera, je serai l'un des premiers à me soulever. Tout prévu. Ne me manque qu'un signal, je suis fin prêt. Prévu de hisser un étendard rouge et noir, celui de la révolte que mes camarades préparent à terre, du moins je l'espère, n'ayant plus de nouvelles d'eux depuis le jour où, après un vote démocratique, ils m'ont chassé, déchirant ma carte à grands coups de pied au cul, effaçant mon visage des photos de famille, et des listes mon nom, qu'ils ont agoni d'injures, oui, surtout d'injures.

Mes employeurs l'ignorent, mais je conserve ici quelques partitions de chants de révolte. Si quelqu'un m'entendait ! Aux fers, tout de suite ! Pourvu qu'ils n'aient pas posé de micros, misère… Quand donc, sur le continent, soufflera le vent de la révolte, le phare sera le premier territoire libéré du joug. Ah, le joug. Je n'aurai besoin de renverser personne, tout se fera sans effusion de sang. J'appliquerai à la lettre les conventions de Genève. À moins, précisément, que cela tombe le jour d'une inspection. Quand j'y pense, j'en frémis. Si l'inspecteur n'est pas des nôtres, enfin des miens, du mien, zut, il y aura émeute, j'érigerai une barricade. S'il le faut vraiment, je n'hésiterai pas un instant, je le ferai prisonnier. Ou je le jetterai par-dessus bord. Je précipiterai dans l'abîme mon avancement, l'augmentation annuelle de cinq points, dans l'eau froide, mon plan de carrière, avec les algues, mes points retraite. Tant pis pour la réussite. C'est d'ailleurs l'appréhension de la victoire qui m'a poussé loin au large. Ici, je n'ai plus cette crainte. Le gardien du phare peut s'adonner à la quête des sources tumultueuses, celles qui naissent en lui. Je les laisse jaillir et les écoute, loin du passé et de la terre ferme où, chaque matin, des charrettes de condamnés à l'ennui s'ébranlent.

nota bene

J'exagère, comme toujours. J'aimerais de temps à autre remettre pied – un pied suffirait, gardant l'autre ici – sur la terre ferme et accéder aux vieux dossiers, fouiller dans le passé des miens et comprendre, en descendant l'arbre généalogique comme un vieux singe de mes ancêtres, pourquoi je suis devenu gardien du phare. J'avais entamé des recherches, avant ma nomination, mais voilà, on se retrouve très vite dans l'impasse et au bout de l'impasse, inévitablement, trône un guichetier obtus : impossible d'aller plus loin, les registres d'état-civil ont été anéantis dans l'incendie de la bibliothèque d'Alexandrie, la destruction du Temple de Jérusalem ou lors du déluge, alors... J'aurais pourtant aimé plonger au plus loin de la mémoire, franchir l'étape humiliante du singe analphabète, retrouver des lettres de noblesse quelque part, avant l'invention de l'écriture. Un paléontologue de mes amis, ivrogne peu recommandable aux dames de moins de 40 000 ans, me dit un jour que nous descendions tous du poisson, il ne me donna aucune précision – mérou, barracuda. Qu'importe, là réside peut-être la réponse à ma quête : je vis au milieu des miens, mes ancêtres ou leurs descendants, des cousins en somme, éloignés, des cousins au 346e degré et nous avons peu de chose à nous dire, je ne le nie pas. On choisit ses amis, mais sa famille...

IV

Depuis que je vis au sommet d'un phare, des pans de mon vocabulaire se sont effondrés. La mémoire, c'est friable. Par paquets, les mots ont chuté dans la mer ; des familles entières de mots se sont noyées, et je laisse à d'autres le soin de trouver une métaphore sur les falaises que je suis censé apercevoir, les jours de beau temps, mais jamais il ne fait assez clair, ou bien, allez savoir ; peut-être, depuis le temps, la mer a-t-elle eu raison d'elles.

Oh, le déclin du vocabulaire ne fut pas l'affaire d'un jour. Mais la mer a les siècles dans sa poche. Comment dire ? Lorsque je vivais à terre, j'écoutais les savants faire état d'espèces en voie d'extinction. J'ai l'impression qu'ils parlaient des mots qui disparaissent des conversations, puis des dictionnaires. Il faut les entretenir comme on arrose des plantes et si l'un d'eux est délaissé, il sèche sur pied.

Je suis le gardien du phare, et incidemment, à force de lire la mer entre ses lignes (la mer n'écrit pas de gauche à droite mais en cercle, dans le sens contraire de l'aiguille d'une boussole, autour du phare), j'ai appris qu'on pouvait vivre heureux avec moins de mots. Chaque mot que j'oublie est un dard qu'on me retire.

J'avais signé, à mon arrivée, un état des lieux inventoriant les objets, leur état, leurs fonction et mode d'emploi. J'aurais aimé ajouter en bas de liste, n'eût été un fonctionnaire qui m'aurait foudroyé, les pièces manquantes qui importaient tant ici : *Des flots glauques, quelques cumulonimbus qui n'ont jamais crevé, gorgés d'une eau fraîche et pure. Une lune au premier quartier, etc…* J'aurais signé sous la mention *Lu et approuvé,* en ajoutant : *mais complété de l'essentiel.*

Gardien du phare, je suis amené à établir des rapports, et pour m'aider figurait, dans la liste d'objets, un dictionnaire. Le nombre de pages était précisé dans l'état des lieux afin que je ne tente pas de soustraire au patrimoine collectif les richesses comprises entre *raphia* et *rapine*, c'est un exemple. Tout commença un jour où, par désœuvrement, je me mis en tête de rayer les mots inutiles, ou inconnus, ou déplaisants. Une réforme, quoi. La première réforme linguistique en profondeur à être édictée et appliquée dans un phare, pour un seul phare. Quoique. Peut-être s'agit-il là d'un vice caché de notre profession. J'ignore quel fut le premier mot rayé, mais je sais que cela me reprit un autre jour, longtemps plus tard, jusqu'à devenir une habitude, une opération concertée, un verbicide. Cela me reprit un jour de désœuvrement (j'en compte en moyenne trois cent soixante-cinq par an) et ce rendez-vous régulier me plut. Je m'adonnais méticuleusement à ce passe-temps. En moi, une commission de sages et de bourreaux examinait tous les noms, les propres, impropres à la consommation, du plus chic au plus commun. Elle condamnait ou acquittait mais ne pouvait rester indifférente, elle ne devait garder que l'essentiel. Un jour, la solution finale s'imposa. Depuis la passerelle, je précipitai dans l'écume ma langue maternelle, bien qu'amendée, amputée. Depuis ce jour, les mots s'échappent du dictionnaire et remontent à la surface. Ils peuplent la mer autour de moi.

J'ai fui les mots en venant ici, et pourtant j'écris. Ils me servent encore. Fui les mots des autres pour ne garder que les miens. Certains souriront en apprenant qu'avant d'échouer ici j'ai collaboré à la rédaction d'un dictionnaire : celui-là même dont j'ai nourri les requins. À l'époque, je recherchais les mots. Je les choyais. Leur compagnie m'excitait. J'avais développé pour eux un odorat particulier. L'univers était en expansion quand je trouvais de nouveaux termes à définir. Aujourd'hui, il se contracte. Définir des mots que nous n'utiliserons jamais… Il me semblait que tous, mes collègues et moi, nous allions embaumer ces mots. Qu'ils étaient nombreux, les mots à l'hospice, à deux doigts d'expirer ! Nous les sauvions. Imaginez un terme qui ne sert plus. Au hasard. Seul, poussé dans ses retranchements, il attend qu'on l'appelle. Hep ! Rhipiphore ! Ramène-toi, et que ça saute ! Mais on ne s'intéresse pas à rhipiphore. C'est à pleurer. Rhipiphore est las d'attendre. Il dort sous les ponts qui relient les hommes, maussade.

J'étais spécialisé en ethnologie, l'histoire du monde turco-mongol était mon dada. La tâche était plus ardue qu'il n'y paraît : définir les mots d'origine turque, répertorier les fleuves, les hommes et puis les villes, les déserts de ces contrées. Peut-être est-ce devant les immensités d'Asie qu'est née l'idée de devenir gardien de phare. Avec le recul, je me trouve des atomes crochus avec les muezzins. Lorsqu'ils appellent à la prière, leur incantation porte très loin, émeut la steppe. Un minaret de Boukhara, à la nuit tombante, se transformait en phare. Il signalait de son feu la ville aux caravanes. Aujourd'hui, je suis muezzin à Boukhara… Mais pour être juste, je dois reconnaître qu'aucun phare n'a servi de minaret. À qui prêcher ? Pas un yacht d'émir en vue, pas le moindre boutre, et je ne parle ni des felouques, ni des cotres. Rien.

Mes prédécesseurs ont amassé rapport après rapport, et les deux premiers étages du phare en sont emplis, ils sont devenus inaccessibles ; en vertu de la loi, il est interdit de lire ou détruire un rapport avant cent cinquante ans. Au rythme actuel, le troisième niveau disparaîtra sous la masse de papier dans trente ans, le niveau quatre dans soixante-dix ans, le dernier dans un peu plus d'un siècle, voire avant si mes successeurs sont en verve. Un jour ou l'autre, l'un d'eux, acculé au sommet par ses propres écrits, plongera dans la mer. Ou sera-t-il étouffé par les feuilles ? Pas moyen d'y mettre le feu, je l'ai dit, à cause de l'humidité. Et puis, brûler à la fois le phare et la bibliothèque d'Alexandrie, en un point où personne ne le verrait ni ne le saurait, ce serait gaspiller de l'histoire, balancer du mythe par la fenêtre.

Quant à moi, il me plaît d'écrire pour ceux de mes lecteurs que je préfère. À certaines heures, tout paraît limpide : je ne suis là que pour ça. Un jour, on se dit qu'il ne reste plus qu'une affaire à expédier, laisser une empreinte, comme le font les escargots ou les bisons. Rien n'est plus simple pour eux ; l'homme, lui, doit tremper son doigt dans l'encre avec génie. C'est tout. Il me fallait fuir pour ne plus garder auprès de moi que les mots les plus utiles. Quelques collègues, ex-pourfendeurs de l'Absurde à la retraite, me l'avaient conseillé. Vois ce que nous sommes devenus. Pars tant qu'il est temps. L'un d'eux m'a dit : on ne peut impunément scruter le grand large sans être un jour tenté par l'idée du départ.

V

Comme il faut bien arrondir les fins de mois, notamment de ceux de trente et un jours, j'ai accepté de travailler pour les services secrets. Ma tâche est d'avertir le continent si quelque chose ne tourne pas rond, cela ne m'accapare guère. Ainsi, parallèlement à mon salaire de gardien de phare, je touche ce qu'on appelle un fixe, à quoi s'ajoutent des primes, calculées en fonction du nombre de renseignements que je fournis et de leur qualité. Pour l'instant, je n'ai pas touché de prime.

Cette fonction, croyez-en mon expérience, a modifié mon comportement. Quelques jours après avoir accepté cette mission, j'avais reçu par hélicoptère, comment dire ? le nécessaire de tout agent secret, une énorme valise que j'avais ouverte sans attendre : arme à feu, équipée d'un silencieux ; longue-vue et cent autres objets – barbe postiche, lunettes à verres fumés, tenue de camouflage et micros, des micros pour réécouter mes monologues, je soliloque, radote, c'est le lot de tout un chacun, ici. Par l'hélicoptère suivant, j'ai renvoyé le reçu de la valise, signé sous la mention : *Reconnais avoir pris possession des objets cités ci-dessus, le tant.*

Bien entendu, je pourrais toucher une prime substantielle en signalant l'existence intermittente, au large de moi, d'une gardienne de phare. Bien sûr, mais. Si jamais ma gardienne se manifeste de nouveau, j'aspire à ne pas mettre les services secrets sur le coup. Qui l'a fait le jour de son premier coup de foudre ? Tant pis pour la prime.

J'ai donc renvoyé, signée, la nomenclature du contenu de la valise, laissé ouverte cette valise, béante plutôt, et je l'ai observée, comme un bon sauvage, imaginant en quoi elle pourrait m'être utile. Les premiers temps, je me suis pris au jeu. J'ai même eu, un instant, l'idée de dissimuler le phare sous des tentures de camouflage, couleur de mer, afin de pouvoir ne rien voir sans être vu. Il aurait suffi de commander quelques dizaines de mètres carrés de toile. Cependant, mon état d'âme me portait davantage à camoufler la mer plutôt que le phare, mais cela, c'était une autre paire de manches.

J'ai vidé la valise de son contenu. Étalé les objets à même la passerelle. Mais le vent s'est emparé prestement de la barbe postiche et l'a précipitée dans l'abîme. Moi qui venais de signer le reçu…

Est donc venu le moment où je me suis pris au jeu. Longue-vue en main, j'ai scruté l'horizon, en rasant le mur. L'air de rien. Égal à lui-même, cet horizon que je chargeais de mystères grossissait dans le cercle, je le voyais avec plus de netteté, en pensant : *idem bis repetitas, ad aeternam.* Quand donc un navire viendra-t-il jouer au funambule sur ce fil ?

Un jour, par l'hélicoptère, j'ai reçu un message m'informant qu'on m'avait livré cette valise par erreur, je n'en avais nullement besoin au sommet d'un phare appelé à fermer ses portes. On s'excusait ; pourriez-vous nous la restituer ? Damnation : la barbe ! J'expliquai les mésaventures de la barbe postiche du mieux que je le pus ; on dut probablement croire, là-bas, que j'invoquais un prétexte pour la garder et m'en parer, mais on eut le tact de classer le dossier et je leur en sus gré.

Ainsi, être agent secret se résume à scruter la mer, du mieux que je le peux, de jour comme de nuit. Contrairement à tous les récits d'espionnage, je garantis que c'est une mission monotone. Un espion, je l'affirme, risque davantage de mourir d'ennui que sous les balles d'un confrère. Rallumant chaque soir la lanterne, m'accoudant au-dessus du vide, je ressens toujours la même anxiété. Il me semble que je recommence sans répit la même veillée mortuaire… Les cadavres des jours s'entassent au fil du temps et passé un certain âge, on ne les compte plus. Il m'a fallu quitter la terre ferme pour ne plus me consacrer qu'à eux. Chaque soir, je veille un homme que je suis parvenu à oublier, ou une femme, mais je ne divulguerai pas leurs noms. Tout s'achève, ici. Neige fondue des illusions, neige fondue de l'enfance.

VI

Mais bon, mais bon. Il n'y a de surprise à attendre que de la mer, ça ne fait pas un pli. Dans les tout premiers temps, on m'avait envoyé un poste radio. Il a fini au fond de la mer. Au pied du phare, les poissons jouent à saute-mouton avec les victimes de mes états d'âme. Apprendre à oublier : règle que je m'étais fixée avant de m'installer ici. Alors, un transistor... Je connais déjà tout ce qu'il m'aurait annoncé. Les surprises n'existent plus sur la terre ferme. À un séisme répondent des répliques, une opération de secours ; à une grave sécheresse, un élan de solidarité (ou une chaîne de solidarité). Aux radicaux succèdent les modérés. Après une évasion vient la chasse à l'homme. On m'a toujours caché les moutons à cinq pattes, les trèfles à quatre feuilles.

Même les mots ne me surprenaient plus. Personne ne cherchait plus. Pourtant, les choses à trouver ne manquaient pas : le troisième homme, la cinquième colonne ou le sixième sens, la huitième merveille du monde ou la vingt-cinquième heure, et j'en passe. Mais on avait capitulé, sans condition. Les mots, là-bas, ne m'intriguaient plus. Toujours les mêmes, dans le même ordre. Gaaaaaaaaaaarde à voooouuuuuus ! Comme de la lave après éruption, la langue avait refroidi. Une paralysie lexicale s'était emparée des hommes. Un pape était contraint de répéter des monologues dans une langue éteinte ; l'indigence poétique des policiers atteignait son comble aux carrefours ; la liturgie minimaliste des amants était exaspérante au lit ; la stérilité des faire-part, des avis d'échéance, n'étonnait plus ; quant aux formules de politesse, elles rappelaient ces fossiles imprimés dans le calcaire : *Nous sommes au regret de... Nous avons l'honneur de* porter à votre connaissance votre nomination comme gardien de phare *à compter du* ! Honneur ! C'est pourtant l'une de ces formules qui me permit de fuir les caboteurs de la langue.

Attendre une surprise de la mer, c'est une question de conscience professionnelle chez un homme comme moi. Mon regard doit porter sur les horizons auxquels le phare fait de l'œil. Et tout comme la lampe tourne sans trêve, sitôt l'obscurité venue, ma vie se résume à un mouvement giratoire dès que je marche au sommet, mouvement en spirale lorsque je monte ou descends. Seul un suicide me procurerait une ligne droite, la dernière ligne droite. De temps à autre, il m'arrive de larguer un objet du sommet (un fragment lourd, quoi que ce soit, ce qui me passe sous la main) afin de retrouver, par ce spectacle bref, le sens de la ligne droite. Hier soir, j'ai laissé choir le sextant, par désœuvrement, mais un sextant de par sa forme, le con, ne tombe pas parfaitement droit, ce fut un échec relatif et, le reste de la soirée, je me suis enfermé dans un mutisme terrible.

J'oubliais, c'est vrai, j'écris, et les lignes sont droites. Mais la pensée, parce qu'elle a acquis les réflexes de mon regard circulaire et de mes pas, a tendance à s'enrouler sur elle-même pour former des boucles. Je recense les mouvements giratoires qui rythment la vie d'un gardien de phare. Au-dessus de l'horizon, des diamants dessinent des ellipses puis retombent, de l'autre côté, par la faute de l'attraction terrestre : même les étoiles ne peuvent y échapper. La course des astres dessine une nef chaque jour plus voûtée au-dessus de mes songes. La lune, enfin, qui roule son disque dans l'abîme, et j'attends la venue du bras d'un pick-up pour que d'elle, sans qu'on la prie, monte chaque soir un *requiem*, un chant d'adieu.

VII

Je reviens fréquemment en pensée aux bas-fonds de ce phare. En rêve aussi, parfois. J'en reviens toujours aux mêmes interrogations. Réalisant à quel point ce phare est vieux, je me dis que les premiers dossiers, ceux des grands fonds, du rez-de-chaussée, pourraient *légalement* être ouverts désormais. Comme la langue d'un gardien de phare a dû évoluer en quelques siècles, pour exprimer les mêmes choses ! J'enrage à l'idée que les dossiers sont bloqués sous un étage de feuilles interdites. J'enrage et nourris mon propre désespoir : chaque feuille que je dépose à la surface du papier m'éloigne des trésors tombés dans le domaine public. S'il n'y avait cette loi… Nous avons fait du phare un livre illisible, dont le premier chapitre ne peut être atteint qu'en partant de la fin. Non, les phares ne sont pas creux. Ou alors, de moins en moins. La mémoire des hommes leur donne de la consistance, c'est grâce à elle qu'ils tiennent bon. Par gros temps, le haut de l'édifice vibre à chaque coup de fouet de la mer. Et je reviens en pensée aux bas-fonds du phare, sans cesse. Quand je suis au sommet de l'escargot – c'est ainsi que je surnomme l'escalier en colimaçon – j'observe la spirale des marches qui plantent leur vrille dans la mémoire de mes prédécesseurs. Va-t-elle se mettre à tourner, à tout réduire à l'état de charpie ? Elle aurait si vite fait, ils doivent être tous identiques, leurs souvenirs piteux, la bouillie sera homogène, pas de grumeaux. À moins que, un seul… Un souvenir qui récompenserait d'avoir lu tous les autres. Les abolirait. C'est exactement comme pour les livres. Mais laissons ce sujet douloureux. Ainsi donc, retrouver le souvenir qui me guérirait des autres. Quelque part, chacun de mes prédécesseurs doit avoir expliqué la raison de sa mutation. C'est évident. Grâce à eux, je comprendrai pourquoi je suis ici. Car on ne m'a pas cru, j'espère ; ou alors réglons vite un malentendu : je ne suis venu ici ni pour échapper aux femmes – aucune ne voulait de moi – ni pour fonder seul une communauté, ni pour fuir les mots. La raison de ma relégation, la vraie, si je la tenais…

Deuxième partie

I

Je suis somme toute satisfait de ne pas m'être constitué prisonnier de leur monde. Ici, je vaque, l'esprit libre, avec un léger vague à l'âme. Toujours pas de navire à signaler. L'enfant qui, en moi, a lu trop de romans picaresques, piaffe et tonne, ronge son frein jusqu'à l'os. Un après-midi, las de ne rien voir, je me suis allongé sur ma couche pour une sieste, vite fait bien fait mais impossible de trouver le sommeil. Au lieu de me détendre, la position horizontale éveillait de curieux fourmillements, ici, ou plutôt là, et là aussi. Le long du dos, je ressentais des picotements, des pointes de feu.

De sommeil, point. Diantre, me dis-je. Quel diablotin m'aiguillonne de son trident ? Je me retournais, me cabrais, me cambrais, pivotais, faisais surface, retrouvais la position de départ, me reprenais, roulais, râlais : je n'étais plus qu'un brasier que j'attisais, avec abnégation, tournant comme la planète sur elle-même, peut-être a-t-elle des puces, le feu au cul ou bien est-elle engagée dans une course à perdre haleine, après tout le système solaire n'est qu'un grand vélodrome. Je me suis mis sur mon séant pour m'ébrouer, et ce n'est qu'après avoir ratissé les draps au peigne fin que j'ai compris : du poil à gratter était répandu dans le lit.

Sur le coup, cette découverte n'a fait que m'irriter, fortement certes, mais seulement m'irriter. Je me suis dit, je croyais ce temps révolu. J'ai secoué les draps pour chasser la poudre, me suis lavé à grande eau ; le feu m'empêchait de raisonner. C'est après, seulement, une fois assis, que l'irritation a cédé à la perplexité. Du poil à gratter... Machinalement, j'ai levé les yeux vers le plafond, ne trouvant rien d'autre à dire que : Bah !, et il a fallu qu'une voix s'élève en moi et dise *Mais tu es seul, personne ne te cherchera noise ici tu les as tous semés !*, pour que je retrouve l'usage de mon esprit, et de mes membres, l'un après l'autre. Repris mon tour de garde, pensif. Je suis seul. Oui, mais.

Mais alors ? Se peut-il que, non, cela ne se peut pas. Dieu, s'apitoyant sur ma solitude, m'envoyant un message ? ? Dieu... Il m'arrive de comparer son unicité à la mienne, vieux frère. Prétention. Nous n'avons rien à voir l'un avec l'autre, bien qu'il soit en moi et que je procède de Lui... Mais par exemple, je pose la question : Dieu prie-t-il ? Dieu prie-t-il lui-même ? (Se prie-t-Il ?). Le matin, en deux coups de cuiller à pot, pour se donner du cœur à l'ouvrage ? Dieu se pardonne-t-Il ? S'absout-Il à la vue des hommes ? Bien longtemps que je ne me suis plus posé ces questions. Dieu à l'intérieur d'un confessionnal, se reprochant de ne pas assez prier pour Lui-même, se donnant la réplique en alternant reproche et imploration, carotte et bâton, et Dieu ne croyant plus en Lui ! Allons, baste. S'Il tenait à se manifester à moi, Il n'aurait pas besoin de recourir à du poil à gratter. Il lui manque ce côté facétieux qui le rendrait plus populaire. Ah, du poil à gratter. C'est du poil à penser, du poil à rêver qu'il faudrait répandre dans la couche des hommes. Mais cessons de maugréer. Non, Dieu est sérieux, il n'aurait pas eu recours à du poil à gratter.

La nuit a été fraîche et j'ai pu trouver le sommeil facilement, sans trésor d'imagination, sans avoir à compter les moutonnements des vagues. Une brise océane, un ciel céruléen m'ont réveillé. Douceur d'un matin de la haute enfance. C'était si beau. Peut-être tout cela recommence, puisque tout est pareil. Oui, tout recommence. Le bruit de la mer a ceci de particulier qu'il nous replonge au premier matin du monde, lorsque la première boulangerie avait ouvert ses portes et que les premiers hommes avaient découvert le croissant au beurre, encore chaud, à l'angle des rues Mouffetard et de l'Arbalète. Premier matin du monde… N'était-ce pas un dimanche ? Pour commencer tout ça en douceur, en promenant Médor au parc floral, *chi va piano va sano*.

Je suis monté sur la passerelle respirer la brise, avant de rentrer faire un brin de toilette. Être ponctuel fait partie de mon hygiène de vie. Tous les matins à la même heure, je me présente devant la glace, au-dessus du lavabo, avec un air digne. Et là, reprenant le geste de tous les jours, j'ai porté la main sur la gauche, mais quelque chose manquait. Mon gant avait disparu, il n'était nulle part : rien sous le lavabo, rien à côté ; et aucun navire à l'horizon.

Quelques jours plus tard, comme cela me travaillait, j'ai décidé de porter plainte contre X. Oh, ce n'est pas pour le gant. Quoique. Cela commence par un rien, et puis. Cela aurait au moins le mérite d'attirer sur le phare l'attention du continent. Je leur ai demandé d'envoyer un formulaire de déclaration de vol. Ils vont rire ; cela peut me nuire. Faisons fi. Quand je dis vol, et puis zut, à quoi bon s'expliquer. Ensuite, le formulaire dûment rempli, je porterai plainte ; et alors là

II

À la suite de ces événements graves, à l'occasion de ma commande mensuelle, j'ai demandé au continent un nouveau gant, et un judas. J'imagine leur tête, au ministère de la Marine, un judas. Il a peur des cambrioleurs ou des pirates, il nous fait de la paranoïa océanique, c'est cela, la peur des démarcheurs en tout genre, non monsieur, je n'ouvre à personne, j'ai tous les tapis nécessaires à la bonne marche d'un phare. Un judas avec vue sur l'océan, diront-ils, nous avons affaire à un fin limier. Il nous fera toujours rire. Et un gant

J'ai pourtant reçu, par l'hélicoptère suivant, un formulaire, puis le gant, et, sans commentaire, un judas d'un modèle dit *facile à poser*. Je l'ai installé le jour même sur la porte de communication entre mon logis et le reste du phare. Il tient bon, il marche, je l'ai testé longuement. À travers, j'aperçois l'escalier en forme de coquillage. J'ai toute ma lucidité, nul autre que moi ne vit dans ce phare, je ne l'ignore pas. Cependant. S'il est là, l'Autre, j'aspire à le surprendre, l'observer, espionner l'espion m'épiant. Mais il ne doit pas être là, ou alors il est reparti, il y a eu quelqu'un mais c'est fini, sans crier gare il a filé, avec le gant, fier de son larcin.

Non, tout cela, je ne l'ai pas imaginé. Un jour, je le démasquerai. Arrivant dans son dos, j'appliquerai mes mains sur ses yeux en lui disant *Coucou, qui c'est ?* Cela, jusqu'à ce qu'il devine. Il doit avoir de bonnes raisons de se tenir à l'écart ; mais un jour, je découvrirai mon capitaine Nemo. Je me présenterai à lui, Captain Bligh, du Bounty, enchanté, avec le menton mussolinien de Trevor Howard : « Nous sommes confrères. » Et il tombera dans mes bras. Aussi je guette, le plus discrètement possible, regrettant d'avoir laissé s'envoler la barbe postiche. Moi qui, du phare, devais surveiller la mer sans répit, je ne guette plus que le phare, la face cachée du phare. Retirée la mer, loin, à perpète, qu'on n'en parle plus !

Incidemment, mes doutes resurgissent, comme de vieux rhumatismes : rien ne viendra, que ce soit du dehors ou du dedans. Le judas me le confirme à toute heure. Rien ne vient, et c'est fort de cette certitude que, jour après jour, je réapprends la solitude. J'avais oublié cette règle d'or du mode d'emploi : les tours d'ivoire sont conçues pour une seule personne, au maximum. Il ne me reste plus pour compagnons que la mer, l'hélicoptère mensuel et son filin. Il me largue un paquetage et du courrier, parfois. À ce propos : la livraison du mois dernier m'a réservé deux surprises.

Une circulaire, adressée à toutes les infrastructures publiques, rappelait l'obligation de disposer de sorties de secours. Cela existe partout, et un renforcement de la sécurité, cela arrive de temps à autre. Une sortie de secours, c'est poétique dans un monde clos et ça manque souvent, dans les circulaires, la poésie, il faut chercher longtemps avant de ne pas la dénicher. Cette fois-ci, on ne badinait pas, c'était un ordre, on menaçait de sanctions précises quiconque négligerait de prévoir une issue de secours en cas, ce ne sont que des exemples, d'épidémie foudroyante, d'incendie, de regain du communisme ou de péril jaune. On me menaçait poliment de contrôles, pour mon bien, et à la circulaire était joint un panonceau à accrocher sans attendre, représentant un homme alerte, monsieur Toulemonde fuyant à toutes jambes, comme en juin 40, traction avant et sommier en moins. Sur le coup, j'ai pensé suspendre cet écusson au-dessus de la cheminée de mon logis. Ce serait si simple, en cas de coup dur : je me jetterais dans les flammes et partirais en fumée, jambes grillées à mon cou, en faisant des signaux, on me reconnaîtrait à mes volutes inimitables, c'est ça le style. Mais l'inspecteur, qui peut descendre à tout moment d'un hélicoptère, goûterait peu cette forme d'humour. Aussi suis-je monté auprès de la lanterne. Laquelle des deux portes d'accès à la passerelle devait être dite de secours ? De quel point le danger était-il censé venir ? Je ne les comprends pas, sur la terre ferme : on ne sort pas d'une tour d'ivoire. C'est une entrée de secours qu'il faudrait ici ; bref. J'ai désigné la première porte venue. Je ne veille depuis ce jour qu'à passer par l'une en temps normal, par l'autre dans les occasions dramatiques.

Respectueux des consignes, je procède à des exercices

d'alerte incendie. Cela prend peu de temps, *On trouve toujours le temps quand on réalise que c'est pour sa propre sécurité.* Je veille à ce que la sortie de secours reste ouverte, ce serait un comble si elle venait à se bloquer, aussi me voit-on, périodiquement, huiler charnière et gonds. Après cela, le continent peut dormir sur ses deux oreilles. Je l'avertis, tout s'est bien passé, exercice réussi ; c'était impressionnant.

Cependant, c'est moi qui perds le sommeil. Je suis en présence d'un mystère qui s'échafaude, peu à peu, comme une œuvre, et sans parler encore de peur, je suis inquiet. Je passe en revue le porte-clés de l'énigme. Poil à gratter, gant, lumière à l'horizon…

Un mystère ne vient jamais seul. La seconde surprise arriva sous forme d'une lettre adressée à un inconnu. Pour le reste, rien à redire. Il s'agissait bien de mon phare, le nom et le matricule du bâtiment étaient bons. Machinalement, je me suis assuré qu'autour de moi, personne ne penchait une tête par-dessus mon épaule. J'ai laissé la lettre bien en vue, là-haut, près de la lanterne, sur une table où elle attirait l'attention. Elle est restée là plusieurs jours. Personne ne l'a empochée ni ne l'a déplacée ; la pellicule de poussière faisait foi. Je la retrouvais chaque matin, et chaque matin, elle m'intriguait davantage. J'ai fini par l'ouvrir. C'était une invitation à un cocktail, manuscrite. On se félicitait d'avoir vu le destinataire le mois précédent, son entregent avait ravi, son commerce était on ne peut plus agréable, on souhaitait le revoir au plus vite. Sa présence, soulignait-on, était indispensable. Une adresse était jointe ; l'invitation était signée d'une écriture illisible qui permettait toutes les hypothèses. J'ai répondu que la personne en question n'habitait pas le phare, à ma connaissance. Que par conséquent, elle ne pourrait être présente, j'en étais désolé. J'ai expédié ma réponse par l'hélicoptère et la vie a repris son cours. Mais parfois, le soir, lorsque je guette l'horizon, je me prends à penser que l'invitation émanait de ce phare hypothétique, là-bas, de la balise automatique qui continue de clignoter. Et je me perds, des heures durant, dans l'observation de son clin d'œil de connivence régulier, de connivence, régulier, jusqu'au matin.

III

Quelque temps plus tard, alors que la monotonie fait rage, je reçois du ministère un pli barré du mot *important*. Le message est libellé comme suit : *Je préférerais que tout cela reste entre nous. Vous n'avez rien vu, rien entendu. Merci d'observer cette règle à la lettre. Pour le ministre, le directeur de cabinet.* La lettre est signée de sa main. Est-ce une allusion à l'invitation au cocktail adressée ici par erreur ?

Il n'a, bien sûr, jamais été dans ma nature de colporter des ragots, mais de quoi s'agit-il ? À qui aurais-je rapporté ce que, de bonne foi, j'ignore ? Le plus grave est qu'à mots couverts, on met en doute ma discrétion et ça, je ne peux l'accepter. Je dois reconnaître que cette lettre flatte mon ego, on admet implicitement que j'ai été mis dans la confidence. Mais laquelle ? Je me donne un air d'importance pour regarder autour de moi, avec un sentiment de puissance. Après des années de labeur, on me met dans le secret des dieux, et les dieux peuvent me faire confiance.

« Vous n'avez rien vu, rien entendu. » C'est la plus pure vérité. Pendant quelques jours, je suis très fier d'être considéré comme le détenteur d'un secret. Le phare doit abriter une énigme, comme tout bâtiment d'âge, j'ignore laquelle, mais l'essentiel est ailleurs. Sa lanterne éclaire maintenant le continent d'une lumière crue qui empêche les ministres de trouver le sommeil, à tel point qu'on me supplie de rester bouche cousue. Tant de pouvoir entre les lèvres, sans savoir lequel… Il ne tiendrait qu'à moi d'affoler la meute, de laisser entendre que je vais tout divulguer. Je n'aurais jamais cru qu'un gardien de phare pût faire autant trembler. Trahir ! J'aurais pu devenir, n'eût été ma bonté, le premier gardien de phare shakespearien.

La mer, peu à peu, remet tout en place et je leur réponds enfin, non sans les avoir fait mariner. Je descends de l'Olympe : *Je n'ai rien vu, rien entendu. Rien ne filtrera, n'ayez crainte.* Je les imagine dénouant leurs cravates, s'éventant, rassurés, on a eu chaud, voilà un brave, il a passé le baptême du feu. Un mois plus tard, on me fait cette réponse : « De quoi voulez-vous parler ? » À quoi je rétorque, de ma plus belle plume, *Du Secret. Je ne dirai rien.* De quel secret ?, contre-attaquent-ils. Les plaisantins : croyaient que j'allais tomber dans le panneau…

Tout cela pourrait durer des mois et des mois, je le sens bien. D'un accord tacite, nous avons interrompu cet échange. Probablement a-t-on voulu me faire tourner en bourrique. Tester mes résistances, et j'ai bien tenu ! C'était une manière de m'inspecter, à distance, l'air de rien, mais j'ai évité le piège. Peut-être ai-je beaucoup gagné, par mon silence, beaucoup, c'est-à-dire, ce qu'il faut peut-être pour avoir du galon… De temps en temps, je songe à l'étoile de gardien-chef, elle se lève la nuit dans mes rêves, cap dessus, elle se confond avec l'étoile Polaire, sans faiblir, disparaît puis revient, c'est elle, probablement, qui clignotait à l'horizon.

IV

Mais non, je suis seul. Je me le répète fréquemment, de vive voix, sur tous les tons. J'attends mon contradicteur, un démenti catégorique, sous la forme d'une tape sur l'épaule gauche, à la droite j'ai un peu mal ces temps-ci, les rhumatismes, l'humidité. Je suis seul et me le répète. J'en veux pour preuve le silence, un homme se révèle toujours par sa voix, ou par ses pets, voués à monter plus haut que ceux de son prochain. Ah, le prochain… Ouvre seulement ton bec, prochain, pour voir ! Je ne t'aime pas comme moi-même. Je te vole, j'envie tes biens, ta femme et ton chien, je te mens, sais-tu, prochain. Je te hais comme moi-même parce que tu restes bouche cousue…

Seul. Parce qu'il ne dit rien. Ce n'est pas faute de l'avoir provoqué, de lui avoir tendu des pièges et non des moindres, pour le pousser à se déclarer : clamé *À bas les flics, à bas les bourgeois, faut vivre ivre !* Et le croiriez-vous ? Il n'a pas réagi. Pas l'ébauche d'un haussement d'épaules, mutisme profond, pas même un point d'exclamation. Il n'est plus là, ou bien il est d'une patience, d'une intelligence tellement supérieures à la moyenne que c'est une fête de s'adresser à lui, d'ébaucher un monologue à deux, à moins qu'il ne prépare un coup contre moi, le coup de grâce pour que je dégorge tous mes péchés, il faudra du temps, tant il y en a. S'il ne dit rien, chapeau bas. J'admire. J'ai toujours rêvé d'une société où le nombre de mots assigné à chacun dans sa vie serait limité, compteur en main. On rirait bien. Certains deviendraient muets avant même la puberté, d'autres économiseraient les mots, feraient fructifier leurs silences par des placements, des héritages à leurs rejetons bavards, moi je n'ai rien à dire mais eux peut-être, tandis que d'autres parleraient peu mais bien, choisiraient les mots les plus précis, trouveraient moyen de tout dire en un mot comme en cent.

V

Curieux. Je suis convaincu ces temps-ci que je cohabite avec mon biographe. Je lui explique tout afin qu'il ne s'égare ni n'affabule. Pour être exact, je ne vis plus ma vie, je la commente à chaud, en temps *réel*, avec force courbes et graphiques, avec des analyses pointues et mes réactions sur le vif. Lui, il m'écoute et me comprend, à la bonne heure ! Tenez, ce matin, cette impression que j'ai eue pour la première fois : le phare penche. C'est à lui que je l'ai confié en premier lieu, et à lui seul. Il dispose des droits mondiaux sur mon génie. Parfois, je crois l'entendre poser des questions, et des bonnes, et je réponds, avec le ton qui s'impose, je le sens qui prend déjà des notes, à deux pas, tout ouïe et l'air grave, prêt à poser une nouvelle question. Le phare penche, chuchoté-je, regardez (nous nous vouvoyons), imperceptiblement mais j'ai vu juste, concédez-le il penche, le vin n'est plus horizontal dans mon verre. La mer a dû fortement trembler cette nuit, le phare s'est incliné... Puis je fais mine de le regarder dans les yeux, d'homme à homme, pour qu'il comprenne : mais que cela reste entre nous, surtout, et lui, tremblant aussitôt, oh oui, bien sûr, comment pouvez-vous penser et moi, très bien, j'en étais sûr, n'en parlons plus.

Ainsi, le phare se dresserait, ou plutôt s'inclinerait sur une ligne de faille. Les séismes se succèdent ici, certains sont très violents. Au matin, courbaturé, je me lève et monte sur la passerelle pour juger de l'état du phare et de là, je jette un regard oblique : rien n'a bougé, vous connaissez la mer, rien ne l'ébranle, la secousse n'a fait aucun dégât. C'est dans une paix céleste qu'ici les cataclysmes se succèdent ; chacun, civique, laisse au suivant la mer dans l'état où il aurait aimé la trouver. Mais pour ce qui est du phare, jamais je ne dirai rien au ministère. Je les imagine : trop contents, comme toujours, de trouver un argument de plus pour le fermer. Des lézardes, un air penché, il est dangereux, revenez donc, à quoi bon s'obstiner, et d'abord les navires ne peuvent faire confiance à un phare qui penche, c'est une question de déontologie.

Oui, il penche, je le remarque dès le petit déjeuner, puis quand je m'étends, mes pieds glissent et le reste suit, généralement, mais c'est insignifiant, on ne remarque rien sans une longue pratique des lieux. Et je ne peux rien leur dire. Il ne reste, jour après jour, qu'à jouer au funambule sur la ligne de faille, pourvu. Pourvu qu'il penche moins vite que je ne me voûte, entre nous la course est engagée, mais je ne sais qui, des deux, entraînera le plus rapidement l'autre dans sa chute, c'est une question palpitante, semble me dire mon biographe par-dessus l'épaule.

VI

Encore un coup bas de ce cher Hermès. Ils m'ont installé le téléphone sans que je sois prévenu. Je les ai vus descendre de l'hélicoptère, ils étaient deux, m'ont paru soucieux, ils ont demandé sans attendre *Où le voulez-vous, nous avons fait vite, vous avez de la chance, voulez-vous deux prises, un haut-parleur, et le répondeur, souhaitez-vous pouvoir l'interroger à distance.* Ils ont besogné longtemps en se faisant des signes, en s'appelant par des noms d'oiseaux. Au-dessus d'eux, l'hélicoptère râpait du ciel gris. C'était à n'en plus finir et je les observais, bras croisés. Puis ils ont largué un filin, une fois remontés à bord de leur engin. *Non, vous ne nous devez rien, le ministère prend tout en charge, c'était prévu.* Ils ont refermé la trappe, et l'hélicoptère, s'éloignant, a déroulé derrière lui un câble noir. Ils avaient décidé tout cela lors d'une réunion, un cordon ombilical devait me relier à la mère patrie. Mon premier réflexe a été de le couper. Mais au moment où j'allais chercher le canif, le téléphone a sonné.

Mains moites, j'ai décroché. Un appel ! On voulait, depuis la terre ferme, vérifier si la ligne fonctionnait bien, on ne me dérangerait pas plus longtemps. À merveille, la ligne, elle fonctionne à merveille, mais. Avant que j'aie pu en dire plus, on avait raccroché. Plus exactement faut-il dire qu'elle avait fonctionné, car ensuite, pendant longtemps, l'appareil ne sonna plus. Je n'ai personne à appeler, je passerais pour un importun auprès de vieilles connaissances, des femmes qui m'avaient éconduit. Comment dites-vous, répétez-moi votre nom, cela me dit bien quelque chose mais quoi. En effet, oui, j'ai un grain de beauté sur le sein gauche, non le droit, que dis-je, mais comment osez-vous, malotru, et on raccrocherait. Pensez, si longtemps, la mémoire s'exténue et les sentiments, dès qu'on a le dos tourné, ils font la malle.

Tout cela ne m'a pas tracassé outre mesure, en vertu du pacte que j'avais conclu avec moi-même en arrivant dans ce phare. Mais un jour, la sonnerie a de nouveau retenti, le pacte a volé en éclats. Je me trouvais sur la passerelle pour un tour d'horizon de la situation, et je ne sais pourquoi, j'ai descendu l'escalier en trombe pour décrocher en hennissant : Allllooooôôôôôôôô ! À l'autre bout du fil, on se confondait en excuses. *Oh je vous ai fait courir, jeune homme, excusez-moi, et dire que je me suis trompé. J'ai dû faire le six au lieu du cinq, excusez-moi encore, je voulais joindre ma belle-fille.*

Puis le silence est revenu, le même qu'avant, mis à part mes halètements. J'étais interloqué. Des jours se sont ensuite écoulés, élastiques et nombreux, pluvieux, sans que personne ne fasse le six au lieu du cinq. Je me demandais pourquoi diable le téléphone, chez moi. D'attendre je ne sais quoi, mes mains esquissaient des pas de crabe, le soir, sur la table. Elles se plaignaient d'être moites, de ne pas avoir de combiné à tenir, et moi, je ne faisais rien… Le phare continuait de s'incliner. De nouvelles lézardes étaient apparues. Sans même qu'il sonne, je ne pensais qu'au téléphone. Il pouvait rompre aisément ma solitude : je n'avais qu'à composer un numéro au hasard et un pékin répondrait. Je dirais *Excusez-moi, le six au lieu du cinq, je voulais parler à ma belle-fille*. On répondrait *Ce n'est pas grave*, les vieilles notamment, elles sont si gentilles dans ces cas-là, ça leur fait de la compagnie ; elles allaient se mettre à mourir et voilà que le téléphone sonne, alors elles se cabrent prestement et remettent ça à plus tard, on ne se sent jamais chez soi avec ces appareils, elles projettent d'acheter un répondeur.

Petit à petit, je me suis pris au jeu. L'imagination ne me faisait jamais défaut pour inventer de nouveaux numéros. Je devenais l'épicentre des erreurs du monde. Parfois, je déguisais ma voix de peur qu'on me reconnût, appliquant un mouchoir sur le combiné, fronçant les sourcils pour prendre un air mauvais. De peur qu'on m'identifiât (car au bout de quelque temps, il me sembla que le continent dans son entier, de la sorcière au prince charmant, de la veuve à l'orphelin, ne parlait que de moi, ne pensait plus qu'au phare), j'ai suspendu mon jeu. Pendant deux ou trois jours, j'ai fait abstinence, le temps qu'on m'oublie. Puis je suis remonté au créneau pour donner de la voix, composant sans trêve le six au lieu du cinq.

Il m'arrivait encore de recevoir des appels (des erreurs) mais ils me filaient entre les doigts tant j'étais surpris. À force, bien sûr, je m'y suis préparé. Un jour, quand le téléphone a de nouveau grelotté, j'ai pris les devants. Avant même qu'on n'eût parlé à l'autre bout, j'ai répondu Non, vous ne vous êtes pas trompé, ce n'est pas une erreur. Alors l'autre : Mais si, c'est une erreur, comment avez-vous deviné ? Moi, obstiné : Je vous assure, vous ne vous êtes pas trompé. Je vous attendais. Lui : Moi ? Vous êtes le remplaçant du professeur Tricot, alors ? Il a eu la bonté de vous parler de moi ? Et moi : Pas du tout, vous avez bien composé un mauvais numéro. Lui, triomphalement : Vous voyez, j'avais raison ! Je me suis trompé ! Je vous le disais et vous ne vouliez pas me croire. Et moi de sortir un joker : Puisque je vous répète que j'attendais une erreur ! Lui : Comment pouviez-vous savoir que j'allais me tromper ? Moi, tenace : Vous ou un autre, ça m'est égal, comprenez-moi. Lui : Alors comment savez-vous que mon erreur est la bonne ? Moi, irrité : Écoutez ! Il n'y a ni bonnes ni mauvaises erreurs. Et lui : Quand revient le professeur Tricot ? Moi : Je vous dis qu'il n'y a pas de professeur Tricot ici, vous vous êtes trompé de numéro. Lui : Vous l'admettez enfin, à la bonne heure ! Mais que voulez-vous à la fin, Monsieur ? Moi : Absolument rien, c'est vous qui me dérangez, au milieu de l'océan. Lui : Plaît-il ? Moi : Au milieu de l'océan, et j'aimerais vous parler, ne raccrochez pas…

Cet échange étrange s'était poursuivi un long moment. Depuis combien de temps n'avais-je pas eu une véritable conversation avec un homme, un dialogue élaboré – questions, réponses, objections ? J'avais retenu le temps et mon interlocuteur m'avait écouté. Lorsqu'il intervenait, rarement, j'entendais à nouveau des mots que je croyais avoir oubliés, que j'avais rayés de la longue liste, précipités dans les grands fonds. À mon tour, je les répétais, comme un bambin ânonne, cherchant à les utiliser à bon escient, attendant mon petit effet, guettant une réaction. Je retrouvais la saveur de mots que j'avais dû employer naguère avec les femmes, pour les femmes ou d'éminents esprits (l'un, mesdames et mesdemoiselles, n'excluant pas l'autre, qu'alliez-vous penser ?). Inflation, par exemple ; hyperinflation ! Mon interlocuteur me confiait, avec de la crainte dans la voix, Nous avons beaucoup d'inflation ces temps-ci. J'imaginais un rongeur obtus grignotant le continent motte après motte. Longtemps après cette conversation, je devais me répéter cette phrase en fixant l'horizon : Nous avons beaucoup d'inflation ces temps-ci. J'imaginais la terre ferme recouverte d'un gaz toxique. J'imaginais les ministres, parlant de couper les têtes de l'hydre à deux ou trois chiffres. Beaucoup d'inflation.

Je ne sais plus combien de temps cette discussion avait duré. Lui aussi semblait tirer profit de notre échange. Avions-nous dialogué une heure, deux heures ou trois ? Par malchance, notre conversation avait été coupée. Passé l'instant de stupeur réglementaire, je m'étais aperçu que ni l'un ni l'autre ne pouvait rappeler. M'étais borné à regarder la mer, captant son insatiable monologue, son chant de douleur, ses soupirs de flux, soupirs de reflux.

Cette conversation n'a jamais connu d'équivalent. Je lui aurais pourtant souhaité bien des sœurs. Quant au téléphone, il ne sonna quasiment plus. Le monde était fatigué de commettre des erreurs. De crainte qu'elles ne se reproduisent, j'avais mis le répondeur en marche. Las ! À force d'attendre, des gouttelettes de sueur avaient suinté du bout de mes doigts. Le répondeur branché, je savais qu'une barrière efficace se dressait entre eux et moi, et j'avais pris une voix cassante pour les avertir qu'ils venaient de commettre une erreur, une grave erreur et que le mieux était de raccrocher au plus vite. Périodiquement, je percevais encore la sonnerie, puis ma voix, et l'on raccrochait vite à l'autre bout, on avait tôt fait de comprendre qu'il s'agissait d'une voie de garage.

J'ignore pourquoi, après tout, je n'ai pas jeté le téléphone. Ce bras mort de la vie me relie de quelque façon à ce qui fut. Cet appareil est un poste de guet vers mon passé, une pharmacie de garde. Et je conserve en mémoire les numéros de trois ou quatre personnes qui comptèrent. Parfois, quand je ne me sens pas bien, ils me sécurisent, pourtant je ne suis pas dupe. Que sont devenues ces trois ou quatre personnes ?

VII

La nouvelle carte marine, annoncée depuis des siècles, m'est parvenue ce matin. Elle remplace celle qui a forcé l'admiration de nombreuses générations, exemplaire par sa précision (ici *rien*, là *non plus*, comprenait-on). La nouvelle carte, dit-on, est révolutionnaire, pensez : en six cent vingt-cinq ans, tant de choses se sont passées entre les hommes, peu flatteuses mais si nombreuses, les continents que l'on a dépecés, ligotés avec des frontières, avec des oléo, gazoducs sont méconnaissables… Alors, les mers, bien sûr, on ne les voit plus du même œil. En la dépliant, pourtant, je suis sûr de retrouver les mêmes courants, les mêmes abysses, et les côtes, à la crique près.

Je la déploie dans mon logis, et une enveloppe tombe, un mot d'accompagnement du ministère. *Nous avons l'honneur de vous envoyer la nouvelle carte marine et vous en souhaitons bonne réception. Avec nos félicitations.* Bonne réception, ah, ah. Je la déplie en hâte, sur mon bureau, et là, mère de toutes les stupeurs, m'aperçois du désastre : le phare n'y figure pas ! J'ai beau chercher, me frotter les yeux, revenir à moi, me passer la tête sous l'eau, la garder froide, me dire mais non, me dire mais si, les autres phares oui, mais le tien non, il ne manque que lui à l'appel.

Sans attendre, j'ai pris ma plus belle plume, elle sert souvent ces temps-ci, et le mois suivant ils m'ont envoyé un mot d'excuse avec leur compassion sincère, leurs mots pour tout ça, ils en ont des cohortes. Une erreur malencontreuse (je la connais bien, la malencontreuse, sœurette de la fortuite) s'est glissée à l'impression de la carte. Le phare dont vous avez la garde a été omis. Il n'est malheureusement pas prévu de nouveaux tirages et de toute façon, comme votre phare est appelé à fermer prochainement, vous comprendrez que. Veuillez croire que nous.

Futurs lecteurs de ces rapports, vous ne comprendrez pas. Disparaître d'une carte, cela ne vous arrive jamais. Mourir de votre vivant, non plus. Lorsqu'on vous rayera de la grande liste, lorsqu'une main hâtive classera votre dossier avec avis de la commission-enfer, paradis ou purgatoire – vous aurez rendu votre dernier soupir. Il ne vous arrivera pas de ne plus être observé, je veux dire, de manière aussi flagrante. Être observé ! Montré du doigt sur les cartes marines par de vieux briscards, des corsaires ou des étudiantes en océanographie, c'était ma consolation secrète, c'était ma jouissance, être filmé par les satellites espions… Ils infrarougissaient mon corps tout chaud dormant, passaient mes rapports au scanner, et peut-être sait-on depuis belle lurette, dans les capitales ennemies, si j'ai un cancer ou un ulcère, et où. Combien de temps cette foirade durera encore.

…Au moins, ils m'observaient. Ce n'est pas pour rien que tous les dimanches, je mettais mon costume et sortais sur la passerelle, impeccablement rasé, gominé, parfumé. Alors, au continent, j'ai adressé la plainte d'un loup blessé. Faites quelque chose… Mais : votre phare fermera tôt ou tard, c'est une question de mois, de millièmes de secondes, on ne sait pas. Comprenez-nous, disent-ils.

Ainsi me suis-je muré dans mon plus beau silence. En signe de défi, j'ai hissé le pavillon noir. Il faut savoir le hisser au moment opportun quand tout échoue, quand il s'agit de sauver l'essentiel. Le pavillon noir ! Je maintiendrai. Car je suis le gardien du phare, gardien du dernier feu, que je préserve à travers la nuit jusqu'à ce que d'autres me relèvent et disent : tu peux t'en aller, nous l'entretiendrons.

Troisième partie

I

Après les trois dernières saisons – un printemps, un été et un automne anormalement chauds et humides – j'ai constaté une prolifération de mousses à la surface extérieure des pierres, celle qui reçoit la lumière, et de moisissures à l'intérieur du phare. J'ai continué, indifférent, à déposer semaine après semaine mes rapports dans les bas-fonds avec, chaque fois, une anxiété inexplicable. Avec les orages et la touffeur, la moisissure, cantonnée jusque-là aux planchers et aux pierres, exerce maintenant ses maléfices sur les piles de dossiers. Ce ne doit pourtant pas être la première fois depuis la construction du phare. Jour après jour, je vois ma pensée disparaître sous une pellicule verdâtre, c'est vexant, épaisse par endroits, plus fine ailleurs, comme une ruine emmitouflée dans du lierre. Pour l'heure, rien de grave. Mais que restera-t-il des mots dans quelques années ? Je n'ai rien osé toucher, de peur que les feuilles s'effritent ou partent en poussière. Je considère la moisissure. Les premières pages que j'ai écrites ici, il y a des années, doivent s'être émiettées. J'observe la moisissure annexant des feuilles qu'en vertu de la loi, je ne lirai pas avant cent cinquante ans. Que restera-t-il ? L'idée d'une fermeture du phare me hante, l'idée qu'il fonctionnera de lui-même, et si ce n'était que ça : personne ne sera plus là pour déposer des rapports dans les bas-fonds, lierre ou pas lierre, parce que c'est comme ça ; l'idée que les rapports croupiront bien rangés, là, sous la trappe, me révolte, je m'insurge, tempête et tonne, c'est impossible, bacilles et bactéries ne feront pas de ma pensée leur menu quotidien, j'érigerai un rempart contre la moisissure.

Car je me dis : cela ne peut pas être. Un jour, j'ai eu l'audace (comme j'étais naïf) d'écrire à l'administration centrale des phares, balises et sémaphores pour présenter la situation. Je demandais que quelque chose d'énergique soit entrepris, afin que bref, jamais je n'ai obtenu de réponse. Maintenant, je suis prêt à franchir le fameux pas. Les lois du continent, contre lesquelles il m'arrive de m'indigner, m'autorisent à ouvrir les dossiers écrits il y a cent cinquante ans et plus, cela me donne, au bas mot, cinquante à soixante années de lecture. Je devrai me forcer un passage à travers les souvenirs d'autrui pour libérer des époques reculées, mettre à l'abri les souvenirs les plus anciens, quelques formules heureuses, quelques instants radieux avant la fermeture des lieux ; voici mon dernier but.

Lampe à pétrole en main, soulevant la trappe, je suis descendu au niveau de ce que j'appelle les Archives. Là, je me suis assis sur l'avant-dernière marche, avant les premiers rapports. Là où la moisissure n'a pas encore eu le temps d'agir, je reconnais mon écriture et me répète, Tu n'as pas le droit de relire ça, c'est une faute professionnelle. Dommage, j'aurais aimé faire des retouches.

Tout ce papier… À quelle profondeur touche-t-on la terre ferme ? Le phare est-il infiniment creux sous la surface de la mer, la pensée humaine a-t-elle permis de combler ce tonneau des Danaïdes ? Les gardiens sont tous venus ici, jadis, s'acquitter de leur tâche avec leur écriture à eux, leurs maladresses ou leurs traits de génie. Les gardiens ont déjà tout dit, haï, aimé. Je fais le geste de saisir la première pile de rapports et reconnais mon écriture en lisant la date, en haut à droite. Date de mise en hibernation… Avant de consommer, ajouter cent cinquante années. Et je repose cette pile ; pour aujourd'hui, je préfère en rester là. Certains aiment poser la première pierre ; j'ai soulevé la première pile.

II

Le vent joue sur les harmoniques de l'enfer. Tempête. Des moisissures de nouveaux types sont apparues à tous les étages, surtout en bas. Mes opérations de fouille ont commencé à proprement parler aujourd'hui. J'ai charrié, entreposé, hissé. Un instant, je m'arrête et contemple les kilos de feuilles : même format, même réglure. À croire que les gardiens de phare, depuis la nuit des temps, s'approvisionnent à la même papeterie. Provisoirement, tout sera stocké à l'étage supérieur, au-dessus de la trappe, mais viendra le jour où je devrai monter plus haut encore, je vois déjà mon logis infesté de dossiers. J'ignore quand la perturbation actuelle prendra le large. Le large de quoi. Hissé des strates de dossiers si humides que les pages sont collées les unes aux autres, leur encre s'égoutte, la pensée s'est liquéfiée, elle a fui ces blocs de matière spongieuse, peut-être quelques mots résistent-ils dans des chambres secrètes.

Au dehors il pleut, pleut, à tel point que les hallebardes rouillent en tombant. À quoi bon continuer à écrire ? Si ce temps persiste, les couches de souvenirs que je dépose ici vont s'agglomérer, redevenir pâte compacte. Pourtant, continuer. Ne faire que cela, écrire et explorer les bas-fonds, vider le phare d'une main et le remplir de l'autre. D'après mes calculs, je dois avoir atteint le niveau de la mer. Cette ligne de flottaison intérieure, marquée par le sel qui transpire de la roche, me rapproche de celle des cent cinquante ans. Peu à peu, les écritures ont évolué, certaines tournures m'étonnent, détonnent. La température a fraîchi. Des zones sèches apparaissent, localement ; tout redevient alors lisible.

III

J'ignore si le climat fut exceptionnellement sec voici un siècle et demi, ou si le papier d'alors résiste mieux à l'humidité. Les manuscrits que je remonte de cette époque sont intacts. J'ai franchi, ce matin, la frontière entre l'interdit et le licite : elle passe à même la vie d'un gardien, que je peux ainsi découvrir à rebours, à partir d'un point arbitraire que je conteste, mais bon. Au bout d'une heure de lecture, j'étais déjà en rage contre ces mots au garde-à-vous, derrière leur chef; sujet, verbe, compléments, ribambelle de compléments qui cheminent en colonne, comme des coolies portant les lieux, le temps ou la manière.

Débandade !, me suis-je mis à hurler. Ordre de dispersion ! C'est vrai : on découvre si peu de trouvailles personnelles, c'est à pleurer ! L'application que tous ont mis à annihiler leur esprit, comme si leur dessein était de devenir monsieur Toulemonde. Mais ma férocité doit être nuancée. Plus le séjour d'un gardien avait duré, plus celui-ci s'était laissé aller à des libertés qu'il n'aurait jamais imaginées à son arrivée. Sa langue se dégageait peu à peu d'une carapace, reprenait une forme plus souple. Insidieusement, le gardien conquérait par l'écriture une liberté que le phare lui déniait.

Ainsi ai-je cherché, exhumé. À force, je ne savais plus ce que j'aspirais à trouver; je passais des journées entières dans la semi-obscurité du fond. Jours perdus dans la lecture d'anciens jours dont je ne soupçonnais pas l'existence. Connaissiez-vous, par exemple, le 25 mai 1762 ? Que s'était-il passé le 25 mai 1762, entre ces murs ? Minute après minute, je le découvrais : rien, absolument rien. Mais un gardien s'était trouvé là pour en témoigner avec une écriture audacieuse, poétique. Et ce n'était pas les premières perles de son cru ; le 13 novembre 1764, par exemple. Je les ai recensées, j'ai isolé ces dossiers. Mais que faire ? Qu'en faire ?

J'inventorie des pépites condamnées à l'oubli en me disant qu'il appartient à moi seul de séparer l'ivraie du bon grain. Cent meilleurs juges aimeraient être là, que faire ? Lentement, le point d'interrogation s'élève dans les airs, gonflé à bloc. J'en reviens à l'hélicoptère, qui repart si souvent à vide. Pourquoi n'accepterait-il pas de prendre en charge quelques caisses, chaque mois ? Voyage après voyage, je pourrais lui confier des dossiers, les raretés.

IV

Pour me distraire, disent-ils, ils m'ont envoyé des livres, dont un roman, d'un certain Buzzati. J'ai vite compris : il ne manquait qu'une dédicace pour enfoncer le clou, du genre *Ce livre vous rendra humble, Pour vous apprendre que la réalité et les rêves, cela fait deux, la vie n'est pas un roman, le coup des ailes de géant qui empêchent de marcher, on ne nous le fait pas, à nous, et d'abord, on ne vous demande pas de marcher.*

Je les comprends. Ils veulent tuer le lieutenant Drogo qui sommeille en moi. C'est pourtant lâche de poignarder quelqu'un dans son sommeil. Peut-être veulent-ils me préparer à mon rapatriement, comme on chasse ce malheureux Drogo, malade. alors que les cafards sortent de sous le placard et qu'il allait enfin les occire au Bégon. Tiens, les cafards, heureuse transition. Ils pullulent depuis le dernier passage de l'hélicoptère, maudites caisses de ravitaillement ! Pour passer le temps, j'organise des courses de Tartares, flûte, de cafards, mais qu'il est dur d'apprendre à ces bêtes à crapahuter en rond ! Le principe de rotation leur échappe. Pour l'exemple, car il faut des exemples, j'en écrase un et alors débandade, zigzags tous azimuts. La course est annulée.

Je ne sais vraiment plus comment passer le temps et n'attends plus, d'ailleurs, hormis l'hélicoptère mais ce n'est pas pour moi, c'est pour Autrui. Le livre qu'ils m'avaient envoyé m'a irrité, à bout de nerfs je l'ai jeté par-dessus bord. Drogo voulait séduire en s'isolant, il voulait se séduire, il rêvait : le voici plantant une banderille dans le corps d'un Tartare et derrière lui, de tous les gradins de l'arène montent les cris des Sévillanes, bravo, Drogo, bravo !

Je ne veux plus séduire, la farce a trop duré. C'était cela, le message du gant disparu : à quoi bon te laver puisque tu es seul. À ma peau, aussi, le droit à la moisissure, le privilège de s'avilir, à moi la saleté, j'en fais un culte, la salitude. À quoi bon se laver. À moins que. « À moins que » surgit toujours à temps pour gâcher la partie. À moins que l'inspecteur ne se décide à venir, puisque je n'ai plus que quelques mois ou quelques années, dit-on, à passer ici. On m'a laissé entendre qu'il ne devait qu'à moi de rester en fonction, car je suis le dernier gardien de phare, les autres phares ont été automatisés. Il ne doit son ascension qu'à moi... On le tient en réserve pour moi, c'est mon épée de Damoclès.

Mais il ne vient pas. Lui aussi, amarré à quelque illusion, doit se dire prêt à lever l'ancre au moindre appel. J'ai donc un peu menti ; pour lui, je dois maintenir constamment en alerte un système de séduction performant, être apte à plaire à un inconnu. J'ignore tout de lui, hormis qu'il frise la retraite depuis une trentaine d'années. Nous nous soutenons l'un l'autre car cela ne fait pas un pli, la chute de l'un entraînera celle de l'autre. À des kilomètres l'un de l'autre, nous sommes les deux pièces maîtresses d'un château de cartes. Je l'imagine, il doit avoir beaucoup changé depuis mon arrivée, sans même que je le sache ; souvent, je me dis qu'il n'existe peut-être pas, on m'a fait croire à lui, c'est encore un de leurs coups fumeux pour que je tienne, pour que je reste vaguement séduisant et ne jette pas trop de gants par-dessus bord.

V

L'hélicoptère est passé. Je lui ai présenté, au bout d'un filin, un paquet de manuscrits et les feuilles sont montées au ciel dans un mouvement hélicoïdal, gracieux, après tout c'est de la littérature. Ensuite, je leur ai fait un signe, ce n'est pas fini. Dix autres paquets ont disparu dans l'abdomen de l'appareil. Puis ils m'ont fait comprendre que basta, pour le reste on verra plus tard.

L'hélicoptère a diminué jusqu'à devenir tout petit, puis rien, et moins que rien. Un orage rangeait ses flacons d'encre sur la ligne d'horizon, j'étais inquiet ; le gang Jupiter-Neptune-Éole préparait un sale coup. Pendant des heures, je n'ai pu mettre le nez dehors tant le vent a soufflé ; une bourrasque m'aurait précipité dans l'écume, j'aurais pu m'empaler sur les lames de fond.

Puis le vent s'est calmé. Le téléphone a sonné. Je me suis précipité pour décrocher : « Nous sommes angoissés ici, l'hélicoptère n'est pas rentré. » Que dire ? Une heure plus tard, il a sonné derechef : « Il est arrivé malheur à l'appareil. Pris dans la tempête, frappé par la foudre… Nous n'avons pas encore localisé l'épave… » Hébété, j'ai raccroché. Le malheur avait décidé d'entrouvrir ses écluses. Pauvres gens ; pauvres dossiers ! Pauvres gardiens du temps jadis qui auraient aimé être lus. Le lendemain, j'ai téléphoné au ministère. Ils étaient très ennuyés. Éploré, mon correspondant avait attaché de petits rubans noirs à ses voyelles. Les consonnes étaient vêtues de sombre. Les « l » inclinaient le buste, les « i », les « j » s'étaient décoiffés. C'est ce jour-là qu'on m'a annoncé le verdict. Préparez vos bagages. Le dernier hélicoptère passera vous prendre dans un mois. Vous avez droit à vingt kilos. Après, taxe. Laissez le reste, ça vaudra mieux. Oui, il est temps de revenir. Tout cela a coûté trop cher. Maintenir un homme seul sur cette planète est un fardeau pour la société, on ne peut plus se le permettre. Voyez cette tragédie. Le pilote, le copilote, et un si bel appareil.

Je suis encore le gardien du phare, mais la tour d'ivoire est ouverte aux quatre vents, et peut-être, si l'inspiration me vient, vais-je rédiger ma lettre de démission, j'ai un mois pour cela, sur une feuille à demi moisie que je signerai. Hier, j'ai commencé à faire le tri, jetant les déchets du temps. De petits meubles, également, que je m'étais fait livrer voici longtemps, et c'est en déplaçant l'un d'eux, en donnant un coup malencontreux dans le mur que j'ai vu du plâtre se détacher, tomber, réduit en poussière. J'en ai pris un peu dans les mains et aussitôt, les démangeaisons ont commencé, de plus en plus vives. Du salpêtre, ce n'était que cela ! Un peu de poudre de salpêtre répandue dans mes draps et qui m'avait fait hurler, et dire que j'y avais vu la main de Dieu… J'avais été allergique au phare, c'est tout. J'étais donc vraiment seul ici. Il valait mieux que je revienne, maintenant, sans faire de chichis, bien que revenir…

VI

Revenir, séduire. Être observé, les revoir. Ils vont me voir. Je vais me voir. Les voir. Des années que je ne sais plus à quoi je ressemble… Pas de miroir ici (je l'ai envoyé par le fond, un matin où je n'étais pas beau). À force de scruter l'horizon, mon cou a dû s'allonger comme ceux des Birmanes autour desquels, les jours de fête foraine, on envoie des anneaux. Ou peut-être, par souci d'adaptation à mon biotope, suis-je devenu un girafon. M'est avis que le girafon est l'animal idéal pour le métier de gardien de phare. Et il y a plus curieux encore que ma propre personne : je n'ai jamais vu le phare. Le jour de mon arrivée, le brouillard était si dense que l'hélicoptère avait failli le percuter. Ce n'est qu'en passant à sa verticale que nous avions aperçu la lampe et la passerelle ; l'hélicoptère s'était immobilisé, on avait largué l'échelle de corde, et moi au bout. Vous pouvez descendre, m'avait dit le pilote. Où ? ? Il fallait une imagination fertile pour concevoir un phare ici-bas.

Je ne dirai jamais assez fort qu'une étoile ne brille pas en société mais loin, luit dans sa nuit, qu'elle n'éclaire qu'elle-même et c'est tout, et c'est bien. N'éclairer que soi-même. Il doit bien y avoir d'autres raisons à ma présence ici. Garder le phare. Il luit pour l'horizon désert, et la mer lui fait toilette à chaque tempête, il n'a pas besoin de moi, il se repose le jour et clignote la nuit, corne un coup quand le brouillard tombe... Certains jours de lucidité, il m'arrive de penser que le phare est là pour accumuler les rapports de ses gardiens, il se nourrit de leurs rêves, il les digère lentement. Il lui faut cent cinquante ans pour les restituer, pour s'en imprégner. Les rapports ne seraient là que pour lui, ils ne seraient que les chants de douleur de leurs auteurs, destinés aux générations futures.

Ainsi, maintenant, l'idée de revenir me ravit et me terrifie. Je ne sais plus qui j'étais à terre, j'ignore qui je redeviendrai. Les jours de gaieté, je comprends que rien ne sera plus comme avant, il faudra retoucher l'ensemble, ne pas perdre les acquis du phare, pourtant je redoute que revienne le chaos... seule forme d'organisation sociale dans laquelle j'ai pu évoluer avec bien-être, si mes souvenirs, ces vieux grognards, sont fidèles.

Quatrième partie

I

Étrange, tout de même. En sortant sur la passerelle, ce matin, j'ai glissé et, Seigneur, quel vol plané ! Là, à gauche de la porte. À se rompre les abattis. Je les ai d'ailleurs passés en revue, juste après la chute, comptés et recomptés. Très vite, j'ai retrouvé un semblant de verticale et pu continuer. Sur le coup, j'ai imputé ma figure acrobatique à l'abus d'alcool (quelle aubaine si un satellite russe avait pu me filmer à ce moment-là, j'étais embauché par les ballets du Kirov). Puis je me suis dit que tout cela ne tenait pas debout. Certes, j'ai pris l'habitude de boire un verre de bon matin, ces derniers mois, mais jamais, au grand jamais, je n'ai fait la moindre chute. Pas même un accès de vertige, rien d'autre que la verticale, si tant est que l'on puisse la trouver. Mon Dieu, qu'il penche, ce phare… Le matin, lorsque je me verse un demi-verre, je ne sais s'il est à demi plein ou à demi vide. Dans mon verre, la ligne d'horizon trace une diagonale.

Non, la thèse de l'alcool ne résiste pas à un examen sérieux. Pour me remettre de cette histoire, je me suis versé un deuxième demi-verre. Me voilà maintenant qui impute ma chute à l'usure de la pierre, là-haut sur la passerelle, à son polissage par les pieds des gardiens, car le phare est entré dans l'âge de la pierre polie, période dangereuse, les primitifs en savaient quelque chose, et encore n'avaient-ils pas inventé le phare, les risques étaient limités. Heureusement, eux-mêmes n'avaient pas conscience de cela, aucun journaliste ne leur avait annoncé crûment : *Nous venons de changer d'ère, que chacun reste sur ses gardes, il va faire très froid, rangez les pierres taillées elles ne sont plus rentables, sortez les fourrures et au boulot, dix mille ans de polissage vous attendent avant de passer au bronze, et le bronze, ce sera une autre paire de manches.*

C'était tout, en somme : une pierre à éviter les jours de pluie, c'est-à-dire, si mes calculs sont bons, trois cent soixante-cinq jours par an. Qu'il pleut ici, mon Dieu… Et l'atmosphère s'est considérablement rafraîchie… D'ailleurs, vers midi, tentant de faire une nouvelle excursion, je suis tombé de nouveau, et la chute fut plus violente encore. J'avais pourtant évité la zone dangereuse et obliqué vers la droite. Je suis rentré renfrogné, passant les hypothèses en revue, m'arrêtant sur l'une d'elles, l'évacuant, m'arrêtant sur une autre : mes semelles ! Comment n'y avais-je pas pensé plus tôt… C'est vrai, il pleut ainsi depuis la nuit des temps, tout s'est usé, donc les semelles. Et on grelotte.

De la buée se dépose sur les vitres. Des fleurs de givre – de magnifiques chrysanthèmes je présume – se sont épanouies sur les vitres ; peut-être vais-je retrouver un matin la fenêtre ceinte d'un liseré noir. Avec le verglas, il est devenu impossible de déambuler là-haut, même à jeun. Le verglas épaissit, je demeure ici, au chaud, à rédiger ces quelques lignes.

C'est pendant cette période que le grand gel s'est abattu. Le phare s'était-il aventuré près du pôle nord ? Un soleil arctique se levait pour se recoucher aussitôt.

Sur le coup, je me suis frotté les mains. Avec un froid pareil, ils ne sortiront pas, ils remettront tout après l'hiver, *vous comprenez un hélicoptère de perdu, déjà…* En quelques jours, la température a chuté de vingt degrés. La mer s'est figée dans un rictus terrible, certaines vagues n'ont pas eu le temps de retomber, l'hiver a sorti le grand jeu. D'ordinaire, on apercevait bien quelques glaçons à l'horizon, de quoi agrémenter le whisky en cas de visite ; rien de plus.

Mais un matin, à mon réveil, j'ai vu, damnation, une grande page blanche autour du phare. À perte de vue. La belle, l'immaculée ! Les premiers jours, je me suis calfeutré dans mon logis, le froid s'est emparé des autres étages, l'un après l'autre. Le gel a pris possession des manuscrits restants, les a soudés entre eux. L'humidité, qui avait tourné à la glace, avait cimenté l'ensemble des pages aux pierres, murs et manuscrits ne faisaient qu'un.

C'était un dimanche, et je n'avais rien à faire de particulier ; je m'étais mis à astiquer mollement la lampe, sans y croire, je continuais à l'allumer le soir, mais à quoi bon, pour éloigner les ours blancs ou faire un clin d'œil à la grande ourse ? Glissant une corde par la fenêtre du deuxième étage, je me suis laissé couler à l'extérieur. Pour la première fois, ce dimanche-là, j'ai mis pied sur la mer. Un petit pas pour l'homme…

Tout d'abord, j'ai décrit des cercles sur la glace, comprenez, on tourne en rond dans une tour d'ivoire, je n'ai jamais cessé de tourner, de décrire des spirales depuis mon arrivée. Élargissant le cercle, je me suis éloigné du phare, insidieusement. C'est alors que m'est venue l'idée de génie : marcher en ligne droite ! Je vous jure que ce fut par pur hasard, j'avais très froid et je voulais revenir dare-dare me réchauffer les pieds là-haut.

Ainsi ai-je vu pour la première fois mon phare, alors même qu'il était condamné, et je l'ai trouvé très beau. Oui, pour la première fois, je l'ai vu de près, de face, de dos, de loin, de face encore une fois, ça fait du bien. Je le répète, je ne l'avais jamais vu auparavant, j'étais arrivé à la verticale un jour de brume. Mais aujourd'hui, par une si belle lumière ! Il était tel que je me l'étais imaginé.

Une nuit, peu après, j'ai rêvé : on installait des gradins sur la banquise, le phare trônait au centre de la scène, à l'entrée partout des affiches et le titre du spectacle : « Le locataire de la tour d'ivoire », avec dans le rôle principal Moi, Moi perdant un gant, traquant l'intrus, posant un judas ou me pavanant en costume sur la passerelle, Moi observant la lumière d'en face, rêvant à une improbable consœur, acte I scène-ci, scène-là, tout prenait place dans ce rêve, j'avais convié dans la salle improvisée tout le personnel de mon enfance, de la nounou aux vieux copains. On s'arrachait les places à prix d'or et dans le dernier acte, surprise, une Lorelei montait au sommet pour attirer les navires perdus en mer ; ils s'écrasaient l'un après l'autre contre la base du phare, j'étais un naufrageur, c'était une faute professionnelle, un gardien de phare ne doit jamais vivre en concubinage avec la Lorelei.

Allons, du cran. Je ne sais si là-haut, au paradis, on organisera des rétrospectives sur ma vie. Il y a fort à parier que je garderai tout cela pour moi, pour la dernière séance, il paraît qu'un jour, on revoit tout très vite, c'est signe que la fin approche, alors méfiance, mieux vaut traverser sur les passages cloutés, mettre un châle autour de son cou, cotiser à une mutuelle.

II

C'est Noël, sur la terre ferme. Ici, je ne me prononcerai pas. Ce point culminant de la béatitude humaine ne se manifeste pas sur le phare par ses signes extérieurs les plus caractéristiques, encore que, à bien y regarder, cette lampe qui clignote au sommet… Personne pourtant n'ose s'approcher suffisamment pour admirer la décoration ou déposer des cadeaux. Comme si je puais des kilomètres à la ronde. Où sont ces diables de navires ? Ils doivent tous passer derrière la ligne d'horizon, juste derrière, cette ligne doit être barbelée, on a déployé autour de moi un cordon sanitaire.

Seul, à attendre la Nativité. À cet égard, j'ai rouvert un carton laissé par mon prédécesseur. Pris les santons, que j'ai disposés avec amour autour du mouflet dans la paille, l'âne tourné vers lui pour le réchauffer de son haleine généreuse, de temps en temps je le tourne vers moi car je n'ai pas si chaud et Dieu conseille de partager, alors flûte, l'âne, une bouffée pour lui, une bouffée pour moi. Je guette de pied ferme, coi, sans bouger, un œil de lynx sur la bougie, l'autre par la fenêtre, dans la tempête de neige. Mon Dieu, quelle tourmente… On dirait un décor hollywoodien. Il va être minuit. Dans quelques minutes, je ravalerai mon sourire de circonstance. Je soufflerai la bougie et rangerai les santons. Hop là. C'est ainsi que vivent les gardiens de phare, au-dessous de leur lampe qui s'éteint puis s'allume, s'éteint puis s'allume, comme les poumons de l'âne qui enflent, se vident, enflent puis se vident, une fois vers le bébé, une fois vers moi.

III

La banquise m'isole, là-bas le froid cloue les hélicoptères au sol. Combien de temps encore ? Combien de temps les dossiers vont-ils rester pétrifiés, intransportables ? Que faire contre cela ? Qu'aurais-je pu faire ? Je m'abandonne au conditionnel, passerelle branlante entre le réel et l'idéal, et à ce petit mot retors : si. Si tout était possible et si les si n'avaient pas lieu d'être… Une conjonction pareille vaut bien son pesant d'or, tous les milliardaires cancéreux rêveraient de se l'offrir si elle était en vente, si, conjonction sirène au chant délétère. Le si est la première note du requiem, fausse note qu'il faut s'empresser d'oublier, secouons violemment la portée pour la faire tomber. Si tout était possible, je bâtirais autour de moi une série de tours gigognes, rétrécirais pour me lover à l'intérieur de la plus petite. Ensuite, mon corps ferait office de dernier rempart avant le cerveau, l'esprit, la citadelle inexpugnable. À l'intérieur de la plus petite tour, je m'atrophierais jusqu'à devenir un point. Dans mes tours d'ivoire, je deviendrais un artiste de l'oubli, je ferais sécher mes souvenirs comme on fait blanchir des laitues sous des pots de fleur. Embastillé, je vivrais dans un air perpétuel, une lumière blanche et légère au cœur du néant. Et quel néant ! Immaculé, amassé à la sueur de mon front. Pendant la première partie de ma vie, j'avais rêvé d'ouvrir une agence pour hommes en mal d'idéaux. Venez nous voir, de quel budget disposez-vous, consultez notre catalogue, nous avons telle ou telle formule à votre disposition, pour toutes les bourses, de la quête du Graal à celle de la Toison d'or, et je ne parle pas de l'Absolu… Maintenant, c'est du vide que j'aspire à créer, à répandre, j'aimerais me livrer à un trafic d'antimatière, réaliser la fission des atomes crochus, commercialiser les trous noirs à quatre sous le mètre cube. J'imagine ma dernière demeure : du vide sans aspérité, avec chauffage modulable. Un endroit où l'on n'attend rien de vous. Combien de fois, avant de postuler pour le phare, ai-je tenté ma chance auprès des asiles d'aliénés ! ! ! Je faisais valoir mon droit à la folie, un droit si méconnu. Comment vous croire, me répondait-on. Acceptez-moi, je suis fou : toutes mes demandes suivaient peu ou prou ce schéma. Combien en ai-je envoyé ? Je ne peux pas me plaindre, je recevais chaque fois un refus circonstancié. Nous ne pouvons pas, nous n'acceptons que les cas dûment confirmés, passez des examens, revenez avec vos certificats, nous en reparlerons. Cependant, je ne me lassais pas. Il m'arrivait d'écrire chaque jour, des semaines durant, aux mêmes établissements, reformulant ma demande, avançant de nouveaux arguments. Je croyais trouver des accents de sincérité, sans en faire trop ; j'étais persuadé de trouver un ton neuf, de renouveler en profondeur le genre de la lettre de candidature aux asiles d'aliénés. Tout tombait à l'eau. Un jour, excédé, le directeur d'un de ces établissements, las d'être harcelé, m'avait envoyé une volée de bois vert : « Vous êtes fou ou quoi ? C'est la centième fois que nous vous répétons qu'il ne nous reste aucune place, cessez de nous importuner, un peu de bon sens ! »

Oh, j'aurais pu insister un peu, pousser un peu plus loin le célèbre bouchon…

Quel brouillard sur cette banquise… Même l'air s'est changé en glace ! Voici trois jours, 259 200 secondes, à quelques-unes près, qu'il est tombé sur le phare. On reste entre chien esquimau et loup, de l'aube au crépuscule. Conformément aux instructions j'ai mis en marche la corne de brume, mais dans cette purée de pois, les sons doivent progresser lentement, s'égarer, repasser par le phare (ceci s'appelle l'écho), filer vers le nord… Inutile d'allumer le fanal. On croirait à une côte amie, un brise-glace viendrait s'éventrer contre le phare.

Veiller, veiller. Voici quelques minutes, j'ai cru entendre un moteur. Je veille à bord d'un phare qui n'émet plus ni son ni lumière, ou en vain, et s'il le fait, c'est par acquit de conscience.

Le bruit s'est estompé. Le brouillard resserre son étau. Cela ne fait aucun doute, il participe des efforts déployés pour obtenir mon départ… Ils sont si madrés, là-bas… Tout d'abord, pour me nier, ils ont rayé le phare des cartes… Puis inventé cette histoire d'hélicoptère en perdition… Je n'ai pas cru un traître mot de cette histoire. Lu trop de livres pour croire encore à la réalité ! Et dernier acte, enfin : un rideau de brouillard tombe sur la scène… Et personne ne peut me lire. Cerné par la brume, je ne peux faire le moindre signal, même les satellites espions n'y voient goutte, le Kremlin trépigne, la CIA fulmine… J'aimais tant poser pour les satellites espions ; certains, il faut avoir l'œil, sont des satellites doubles, ils monnayent leurs portraits à deux puissances, cèdent au plus offrant…

Ça y est. Il me semble entendre de nouveau le zinzin d'un moteur. Quelque part, un hélicoptère tond le brouillard ; qu'il vienne, qu'il largue son filin, qu'on en finisse !

IV

Toujours rien. Pas encore. Le train-train a repris son cours. Classant ma paperasse en vue du départ, je viens de retrouver un formulaire que je n'ai jamais rempli. Autant il a pu me paraître capital jadis, autant le voici devenu obsolète, alors que j'ai tout le temps pour le remplir et que je n'ai plus de réticence. Ah, si tout était possible. Retourner en arrière. Je revois encore le jour où je l'avais reçu. Je l'avais posé sur un coin du bureau, dans l'axe entre la porte d'accès à la passerelle et l'escalier, espérant qu'un courant d'air l'emporterait vers les bas-fonds, à la surface des Archives : je n'aurais plus pu le lire avant cent cinquante ans.

Impossible d'expliquer pourquoi je n'avais pu l'aborder de front. À l'époque, j'invoquais des prétextes, et deux expressions préfabriquées déboulaient du fond de mon esprit, comme un couple de serviteurs fidèles : *Ce-serait-trop-facile* et *À-quoi-bon*. Ils sont à mon service depuis la nuit des temps, excusez-moi : la moindre des choses eût été de les présenter dès la première page.

J'avais alors glissé ce formulaire dans un tiroir. Mais mon état d'esprit était plutôt du genre : plus tu veux l'oublier, plus il se rappelle à ton souvenir. J'en rêvais : tout citoyen était appelé à remplir un formulaire lui permettant de ne plus jamais en recevoir. À un moment donné, j'eus même recours à la boisson. D'un seul élan, d'un seul tenant, ivre encore que conscient, je me voyais le remplissant héroïquement, sous une grêle de doutes et de craintes, et dans mon esprit s'imposait alors une toile du peintre Gros : *Bonaparte franchissant le pont d'Arcole*.

Rien n'y fit. L'hélicoptère passait périodiquement, je ne rendais pas le formulaire. Cela ne tenait à aucune difficulté particulière ; seulement à mon incapacité à le remplir. Je finissais par le connaître par cœur : des passages entiers me venaient à l'esprit lorsque je fumais une pipe le soir, seul, accoudé à la passerelle. Prénom du père ? Inconnu. Couleur des yeux de votre oncle ? Il était aveugle. Votre grand-mère maternelle n'était-elle pas trotskiste ? Trotskiste, la pauvre, avec sa maladie de

Parkinson… Certains jours, le formulaire s'était à tel point imprimé en moi que je le remplissais en pensée. Il me semblait que le plus dur était fait. La nuit, il m'arrivait d'avoir un rêve intitulé : *L'hélicoptère repart avec ton formulaire rempli.* Oui, je le croyais envolé, mais dès que je jetais un œil au fond du tiroir, damnation, je le retrouvais.

V

La banquise se disloque. Voici les tout derniers jours de ma permanence dans le phare. Puisque l'hiver tire sa révérence, ce qu'ils appellent la vie va reprendre son cours et je ne tarderai pas à en connaître les conséquences ici même. Partir ! J'ai plus de souvenirs que si j'avais passé trois vies là-bas… Illusions, soupçons, déceptions – cela apparaît généralement dans cet ordre – tout cela tourne dans ma tête comme un moulin en faisant dzing dzing, parce que l'ensemble est mal huilé, et douloureux, j'ignore ce que cela érafle, mais j'en souffre. Je rêve rarement dans mon sommeil, car éveillé je n'ai que cela à faire. Une soirée d'août, tenez, quelque chose tapait sans cesse là-haut, sous l'effet du vent, clap clap, à tel point que je me suis persuadé que quelqu'un marchait, du pas tranquille de celui qui attend, certain que le poisson va mordre, clap clap. Alors je me suis dit, une dame de petite vertu, elle a été héliportée à mon insu, ce ne peut être que ça. On a dû penser c'est bien joli, mais ce phare manque cruellement de péché originel, ça ne peut pas durer. À moins que cela ne participe de leur plan, là-bas, pour me redonner lentement appétit à la vie terrestre. Elle fait les cent pas. S'arrête, tiens, elle doit chercher une cigarette dans son sac à main, se donner un genre face à l'immensité, et j'avoue que j'ai un cas de conscience, les potentiomètres s'affolent. Puis le vent tombe, la fille de joie s'évanouit. Je me détends un peu, heureux d'une victoire sur le Grand Satan, quand le vent reprend ses tours, et alors clap clap, clap clap. Argh… Oh, ce n'est que l'avant-garde du péché, tout reviendra, tout recommencera comme avant.

Un souffle du grand Sud morcelle maintenant la banquise en glaçons. Le phare regagne les tropiques. Au-dessous de mon logis, les manuscrits vitrifiés s'éveillent peu à peu, bâillent dans de grands craquements. Libéré de l'étreinte des glaces, le phare recommence à naviguer. Sa seule règle de conduite consiste à se tenir suffisamment loin des côtes pour passer inaperçu. Combien de milles nautiques ai-je parcourus à son bord ? La mobilité du phare explique la lumière aperçue jadis, qui sait. Ayant jeté sextant et boussole dès les premiers jours, je n'ai jamais pu prouver ces déplacements géographiques incongrus et finalement, le tout dans le tout, une mer du Nord ressemble à s'y tromper à une mer du Sud, glaçons exceptés*. Lors de mon stage de formation, on m'avait projeté des diapositives pour m'apprendre à distinguer les mers. Jamais pu. Seuls les plus intuitifs réussissent dans ce domaine, il faut avoir du flair dans un nez creux, c'est comme partout.

* *NB – À ceci près que dans les mers chaudes, j'attrape des exocets dans mon filet à papillon, les jours de gala, quand ils volent en formation serrée. Cela met du beurre dans les épinards que l'hélicoptère me parachute, je ne le nie pas.*

VI

Je vais revoir tous ces gens. Tout va reprendre son cours, les uns m'aimeront, les autres non. Je vais les retrouver égaux à eux-mêmes, scindés comme toujours en deux clans, les uns et les autres. Le plus dur, si je me souviens bien, était de savoir qui appartenait aux uns, qui appartenait aux autres. À l'époque, la nuance était fine. Personnellement, je n'ai jamais su vers quel camp pencher. De là peut-être ma fuite, c'est vrai qu'ici... Les jours maussades, je me dis que tout bien pesé, les uns ne valent guère mieux que les autres. Un philosophe de ma bibliothèque est pourtant catégorique : l'Enfer, c'est les autres. Je ne serai pour ma part aussi affirmatif, les uns ne sont pas sans reproche.

Je vais pourtant les revoir tous, devoir louvoyer entre eux. Ils seront là au grand complet, tout sourire sur le quai et le lendemain, indifférence. Comment éviter, après mon départ, que le phare ne tombe en ruine ? Ce soir, j'observe l'horizon, j'aurais aimé apercevoir un navire, ne serait-ce qu'un seul, même loin, avant de repartir.

En classant ma paperasse, en éliminant tout ce que je peux, j'ai retrouvé l'agenda de l'année de ma nomination à bord de cette tour. J'étais pourtant sûr de l'avoir laissé sur le quai... Je me vois déjà reposant pied à terre, filant au café d'en face, réquisitionnant le téléphone. Non pas pour parler, grands dieux, mais pour entendre leurs voix, « Allô ? », pour tirer quelques souvenirs du coma. Après leur Allô, intraitable, je raccrocherai, leur rabattrai le caquet. Je crains de ranimer tout cela, à moins que je n'en rêve secrètement, l'âme humaine, c'est tout ça à la fois, une engueulade polyphonique à huis clos.

Le phare corne un coup, deux coups, pour rassembler les bancs de brume et les reconduire à l'étable. Une journée s'achève. Ils ne devraient plus tarder maintenant. Demain ? Après-demain ? Ils viendront, j'en suis sûr, puisque la glace fond et que le brouillard se déchire.

VII

En plongeant mon regard vers la spirale de l'escalier, j'aperçois le tourbillon des âmes dans la machine à broyer les pépites, les formules de mes prédécesseurs. Quand mon regard fond vers la spirale de l'escalier, mon sang se fige. Depuis avant-hier, le téléphone s'est remis à sonner. D'abord des silences à l'autre bout, de beaux silences, je le reconnais, mais ils m'inquiètent. Je ne peux plus trouver le sommeil. La nuit dernière, sonnerie toutes les cinq minutes. Un fou. Subitement, il s'est mis à m'injurier, à éructer, énumérer des obscénités que j'avais oubliées depuis longtemps. Il a remis ça quelques minutes plus tard. Ainsi de suite ; il doit retourner un sablier et attendre. Tout d'abord, j'ai ri, beaucoup. Puis la peur est venue. Depuis deux heures, il me menace de mort, avec le tutoiement de rigueur : cela crée des familiarités. Pourtant, il ne me menace pas nommément ; jamais aucune allusion à la tour d'ivoire, à moi-même, juste son odieux tutoiement. Il parle de faire des révélations sur moi. Peut-être se trompe-t-il lui aussi, on a donné un mauvais numéro au tueur à gages. Et comme si cela ne suffisait pas, la sirène d'alarme du phare s'est mise en marche et ne veut plus s'arrêter.

Rien à faire. Ce doit être un effet secondaire du dégel, la tour d'ivoire hurle. Va-t-elle cesser enfin ? Des heures, des heures… Va-t-il venir enfin, l'hélicoptère ? Très bientôt, cela ne fait plus aucun doute, je vais percevoir son moteur. Maudite sirène ! Ils largueront une échelle pour me hisser hors de la tour, m'évacuer pour que je reprenne place, au millimètre près, dans ma vie antérieure. Comme ces statues qu'on retire pour restauration et qu'on remonte sur leurs socles des années plus tard. J'imagine déjà le phare rapetissant sous mes pieds, je vois diminuer les années passées là. Et dire que rien n'a été prévu pour l'évacuation des Archives ! J'ai reçu des consignes pour les instruments de bord, mais ces instruments, il y a belle lurette qu'ils boivent la tasse. Sur les Archives, pas un mot. Écrire n'aura servi à rien. Alors, par solidarité, j'ai décidé que mes propres écrits resteraient là. Une dernière fois – maudite sirène, vas-tu cesser ! – je suis descendu avec la lampe dans les bas-fonds du phare pour déposer cette feuille. Je considère la couche supérieure des écrits puis remonte. J'aurai incontestablement dominé la production littéraire de cette partie de l'océan, ces dernières années. Oh, j'aurais pu me faire prophète, qui s'est retiré dans une thébaïde pour une cure de lucidité, pour sonner le tocsin en jouant les Cassandre, enfin une Cassandre, brune et pulpeuse avec des boucles à la grecque, oui, me faire prophète de malheur, vendeur de pire par correspondance. Ce téléphone… Cette sirène…

Abrégeons. Mes oreilles bourdonnent, ce doit être lui, je crois entendre un moteur et me dis qu'on ne choisit pas un phare pour faire des discours aux hommes du siècle prochain, j'ai tenu, ah mon Dieu ce vacarme, que cela cesse ! ! ! J'ai tenu le journal de bord du gardien de la tour d'ivoire, qui sera bientôt déserte, et je ne sais où, sapristi, les ermites iront se réfugier, sinon dans des communautés d'ermites, où ils échangeront des propos mesurés sur la solitude loin de ce tumulte qui ne cesse, mon Dieu si cela pouvait s'arrêter, si ce téléphone mais non, cela continue, et ce bruit de moteur, s'ils pouvaient arriver rapidement, pour que cette foirade ait une fin, qu'on n'en parle plus, je n'entends plus l'hélicoptère ou peut-être, si, non ce sont des pas maintenant que j'entends, ils montent du fond de la spirale, du fond du phare, résonnent, plus fortement à chaque seconde, couvrent la sirène, qui ne cesse, ne cesse, et bientôt ils seront tous là, tous les gardiens de phare, tous mes prédécesseurs, à guetter, avec moi, le dernier hélicoptère, le dernier filin, parce que c'est fini, parce qu'on va tous repartir, ils résonnent, une multitude de pas, combien sont-ils, combien furent-ils…

novembre 1991-mai 1997

Table

RÉALISATION : PAO ÉDITIONS DU SEUIL
IMPRESSION : S. N. FIRMIN-DIDOT AU MESNIL-SUR-L'ESTRÉE
DÉPÔT LÉGAL : JANVIER 2000. N° 35906-2 (56297)

Collection Points

DERNIERS TITRES PARUS

P758. Monsieur Pinocchio, *par Jean-Marc Roberts*
P759. Les Enfants du Siècle, *par François-Olivier Rousseau*
P760. Paramour, *par Henri Gougaud*
P761. Les Juges, *par Élie Wiesel*
P762. En attendant le vote des bêtes sauvages
par Ahmadou Kourouma
P763. Une veuve de papier, *par John Irving*
P764. Des putes pour Gloria, *par William T.Vollman*
P765. Ecstasy, *par Irvine Welsh*
P766. Beau Regard, *par Patrick Roegiers*
P767. La Déesse aveugle, *par Anne Holt*
P768. Au cœur de la mort, *par Lawrence Block*
P769. Fatal Tango, *par Jean-Paul Nozière*
P770. Meurtres au seuil de l'an 2000
par Éric Bouhier, Yves Dauteuille, Maurice Detry, Dominique Gacem, Patrice Verry
P771. Le Tour de France n'aura pas lieu, *par Jean-Noël Blanc*
P772. Sharkbait, *par Susan Geason*
P773. Vente à la criée du lot 49, *par Thomas Pynchon*
P774. Grand Seigneur, *par Louis Gardel*
P775. La Dérive des continents, *par Morgan Sportès*
P776. Single & Single, *par John le Carré*
P777. Ou César ou rien, *par Manuel Vázquez Montalbán*
P778. Les Grands Singes, *par Will Self*
P779. La Plus Belle Histoire de l'homme
par André Langaney, Jean Clottes, Jean Guilaine et Dominique Simonnet
P780. Le Rose et le Noir, *par Frédéric Martel*
P781. Le Dernier Coyote, *par Michael Connelly*
P782. Prédateurs, *par Noël Simsolo*
P783. La gratuité ne vaut plus rien, *par Denis Guedj*
P784. Le Général Solitude, *par Éric Faye*
P785. Le Théorème du perroquet, *par Denis Guedj*
P786. Le Merle bleu, *par Michèle Gazier*
P787. Anchise, *par Maryline Desbiolles*
P788. Dans la nuit aussi le ciel, *par Tiffany Tavernier*
P789. À Suspicious River, *par Laura Kasischke*
P790. Le Royaume des voix, *par Antonio Muñoz Molina*
P791. Le Petit Navire, *par Antonio Tabucchi*
P792. Le Guerrier solitaire, *par Henning Mankell*

P793. Ils y passeront tous, *par Lawrence Block*
P794. Ceux de la Vierge obscure, *par Pierre Mezinski*
P795. La Refondation du monde, *par Jean-Claude Guillebaud*
P796. L'Amour de Pierre Neuhart, *par Emmanuel Bove*
P797. Le Pressentiment, *par Emmanuel Bove*
P798. Le Marida, *par Myriam Anissimov*
P799. Toute une histoire, *par Günter Grass*
P800. Jésus contre Jésus
par Gérard Mordillat et Jérôme Prieur
P801. Connaissance de l'enfer, *par António Lobo Antunes*
P802. Quasi objets, *par José Saramago*
P803. La Mante des Grands-Carmes, *par Robert Deleuse*
P804. Neige, *par Maxence Fermine*
P805. L'Acquittement, *par Gaëtan Soucy*
P806. L'Évangile selon Caïn, *par Christian Lehmann*
P807. L'Invention du père, *par Arnaud Cathrine*
P808. Le Premier Jardin, *par Anne Hébert*
P809. L'Isolé Soleil, *par Daniel Maximin*
P810. Le Saule, *par Hubert Selby Jr.*
P811. Le Nom des morts, *par Stewart O'Nan*
P812. V., *par Thomas Pynchon*
P813. Vineland, *par Thomas Pynchon*
P814. Malina, *par Ingeborg Bachmann*
P815. L'Adieu au siècle, *par Michel Del Castillo*
P816. Pour une naissance sans violence, *par Frédérick Leboyer*
P817. André Gide, *par Pierre Lepape*
P818. Comment peut-on être breton ?, *par Morvan Lebesque*
P819. London Blues, *par Anthony Frewin*
P820. Sempre caro, *par Marcello Fois*
P821. Palazzo maudit, *par Stéphanie Benson*
P822. Le Labyrinthe des sentiments, *par Tahar Ben Jelloun*
P823. Iran, les rives du sang, *par Fariba Hachtroudi*
P824. Les Chercheurs d'os, *par Tahar Djaout*
P825. Conduite intérieure, *par Pierre Marcelle*
P826. Tous les noms, par José Saramago
P827. Méridien de sang, *par Cormac McCarthy*
P828. La Fin des temps, *par Haruki Murakami*
P830. Pour que la terre reste humaine
par Nicolas Hulot,Robert Barbault et Dominique Bourg
P831. Une saison au Congo, *par Aimé Césaire*
P832. Le Manège espagnol, *par Michel del Castillo*
P833. Le Berceau du chat, *par Kurt Vonnegut*
P834. Billy Straight, *par Jonathan Kellerman*
P835. Créance de sang, *par Michael Connelly*
P836. Le Petit reporter, *par Pierre Desproges*

P837. Le Jour de la fin du monde…, *par Patrick Grainville*
P838. La Diane rousse, *par Patrick Grainville*
P839. Les Forteresses noires, *par Patrick Grainville*
P840. Une rivière verte et silencieuse
par HubertMingarelli
P841. Le Caniche noir de la diva, *par Helmut Krausser*
P842. Le Pingouin, *par Andreï Kourkov*
P843. Mon siècle, *par Günter Grass*
P844. Les Deux Sacrements, *par Heinrich Böll*
P845. Les Enfants des morts, *par Heinrich Böll*
P846. Politique des sexes, *par Sylviane Agacinski*
P847. King Sickerman, *par George P. Pelecanos*
P848. La Mort et un peu d'amour, *par Alexandra Marinina*
P849. Pudding mortel, *par Margarety Yorke*
P850. Hemoglobine Blues, *par Philippe Thirault*
P851. Exterminateurs, *par Noël Simsolo*
P852. Une curieuse solitude, *par Philippe Sollers*
P853. Les Chats de hasard, *par Anny Duperey*
P854. Les Poissons me regardent, *par Jean-Paul Dubois*
P855. L'Obéissance, *par Suzanne Jacob*
P856. Visions fugitives, *par William Boyd*
P857. Vacances anglaises, *par Joseph Connolly*
P858. Le Diamant noir, *par Peter Mayle*
P859. Péchés mortels, *par Donna Leon*
P860. Le Quintette de Buenos Aires
par Manuel Vázquez Montalbán
P861. Y'en a marre des blondes, *par Lauren Anderson*
P862. Descente d'organes, *par Brigitte Aubert*
P863. Autoportrait d'une psychanalyse, *par Françoise Dolto*
P864. Théorie quantitative de la démence, *par Will Self*
P865. Cabinet d'amateur, *par Georges Perec*
P866. Confessions d'un enfant gâté
par Jacques-Pierre Amette
P867. Génis ou le Bambou parapluie, *par Denis Guedj*
P868. Le Seul amant, *par Eric Deschodt, Jean-Claude Lattès*
P869. Un début d'explication, *par Jean-Marc Roberts*
P870. Petites infamies, *par Carmen Posadas*
P871. Les Masques du héros, *par Juan Manuel de Prada*
P872. Mal'aria, *par Eraldo Baldini*
P873. Leçons américaines, *par Italo Calvino*
P874. L'Opéra de Vigata, *par Andrea Camilleri*
P875. La Mort des neiges, *par Brigitte Aubert*
P876. La lune était noire, *par Michael Connelly*
P877. La Cinquième Femme, *par Henning Mankell*
P878. Le Parc, *par Philippe Sollers*

P879. Paradis, *par Philippe Sollers*
P880. Psychanalyse six heures et quart
par Gérard Miller, Dominique Miller
P881. La Décennie Mitterrand 4
par Pierre Favier, Michel Martin-Roland
P882. Trois Petites Mortes, *par Jean-Paul Nozière*
P883. Le Numéro 10, *par Joseph Bialot*
P884. La seule certitude que j'ai, c'est d'être dans le doute
par Pierre Desproges
P885. Les Savants de Bonaparte, *par Robert Solé*
P886. Un oiseau blanc dans le blizzard, *par Laura Kasischke*
P887. La Filière émeraude, *par Michael Collins*
P888. Le Bogart de la cambriole, *par Lawrence Block*
P889. Le Diable en personne, *par Robert Lalonde*
P890. Les Bons Offices, *par Pierre Mertens*
P891. Mémoire d'éléphant, *par Antonio Lobo Antunes*
P892. L'Œil d'Eve, *par Karin Fossum*
P893. La Croyance des voleurs, *par Michel Chaillou*
P894. Les Trois Vies de Babe Ozouf, *par Didier Decoin*
P895. L'Enfant de la mer de Chine, *par Didier Decoin*
P896. Le Soleil et la Roue, *par Rose Vincent*
P897. La Plus Belle Histoire du monde
par Joël de Rosnay, Hubert Reeves, Dominique Simonnet et Yves Coppens
P898. Meurtres dans l'audiovisuel
par Yan bernabot, Guy Buffet, Frédéric Karar Dominique Mitton et Marie-Pierre Nivat-Henocque
P899. Tout le monde descend, *par Jean-Noël Blanc*
P900. Les Belles âmes, *par Lydie Salvayre*
P901. Le Mystère des trois frontières, *par Eric Faye*
P902. Petites natures mortes au travail, *par Yves Pagès*
P903. Namokel, *par Catherine Léprout*
P904. Mon frère, *par Jamaica Kincaid*
P905. Maya, *par Jostein Gaarder*
P906. Le Fantôme d'Anil, *par Michael Ondaatje*
P907. 4 voyageurs, *par Alain Fleischer*
P908. La Bataille de Paris, *par Jean-Luc Einaudi*
P909. L'Amour du métier, *par Lawrence Block*
P910. Biblio-quête, *par Stéphanie Benson*
P911. Quai des désespoirs, *par Roger Martin*
P912. L'Oublié, *par Elie Wiesel*
P913. La Guerre sans nom
par Patrick Rotman et Bertrand Tavernier
P914. Cabinet-portrait, *par Jean-Luc Benoziglio*
P915. Le Loum, *par René-Victor Pilhes*